台灣作家全集

2 珍貴的圖片

台灣文學作家的精彩寫眞，首次全面展現，讓我們不但欣賞小說，也可以一睹作家眞跡。

1 豐富的內容

涵蓋1920年到1990年代的台灣重要文學作家的短篇小說以作家個人爲單位，一人以一冊爲原則。

縫合戰前與戰後的歷史斷層，有系統地呈現台灣文學的風貌。

U0084628

榮譽出版發行／
前衛出版社

東年集

台灣作家全集
短篇小說卷

召集人／鍾肇政

編輯委員／張恆豪（負責日據時代作家作品編選）
彭瑞金（負責戰後第一代作家作品編選）
林瑞明（負責戰後第二代作家作品編選）
陳萬益（負責戰後第二代作家作品編選）
施　淑（負責戰後第三代作家作品編選）
高天生（負責戰後第三代作家作品編選）

資料蒐訂／許素蘭、方美芬

編輯顧問／
（臺灣地區）：張錦郎、葉石濤、鄭清文、秦賢次
宋澤萊
（美國地區）：林衡哲、陳芳明、胡敏雄、張富美
（日本地區）：張良澤、松永正義、若林正丈、
岡崎郁子、塚本照和、下村作次郎
（大陸地區）：潘亞暾、張超
（加拿大地區）：東方白
（歐洲地區）：馬漢茂

美術策劃／曾堯生

台灣作家全集

短篇小說卷

一九九〇年東年參加聯合報小說獎短篇小說決審

耕莘青年寫作會講課

一九八九年聯合文學巡迴文藝營講課

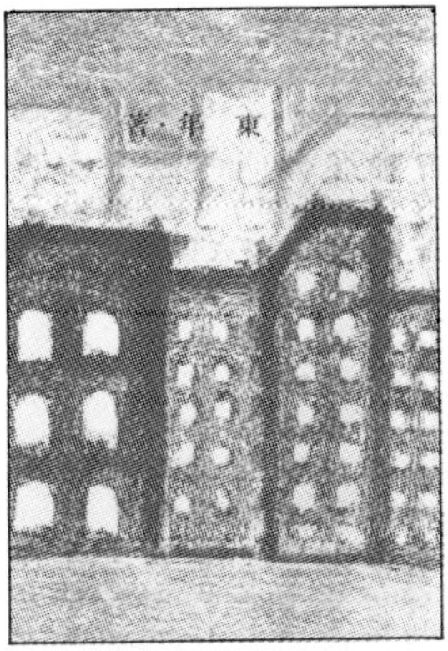

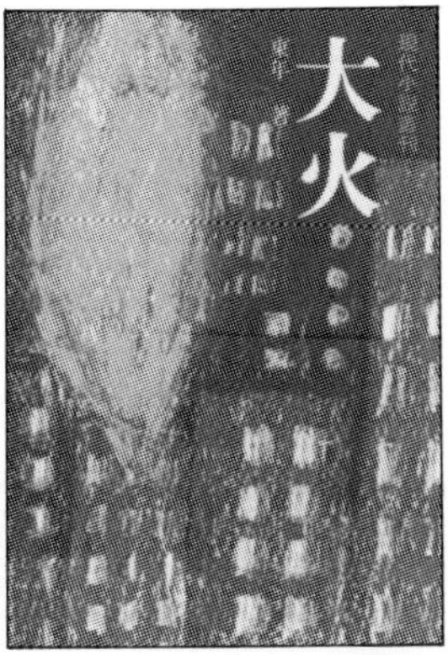

東年自己畫的和設計的書本封面

一九九一年聯合文學新人獎決審會議（左一）

東年近照

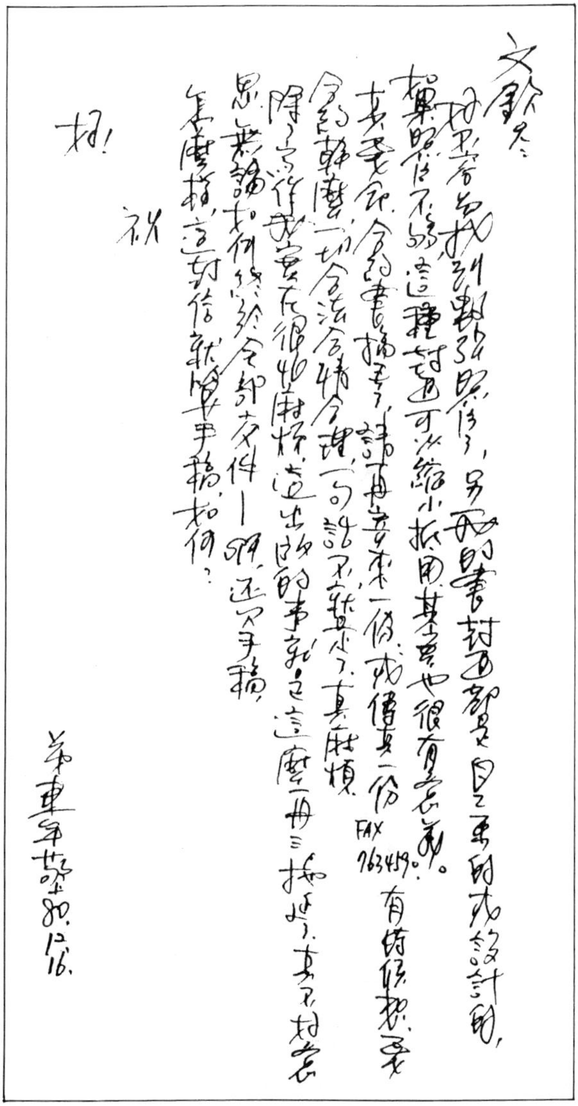

文鈴兄：

此照寄來我找到幾張照片了，另外的書封都只目前的設計即，

舉照片還不錯，這種封面可以縮小採用，其它也很有意義。

其它印令尊的書稿等，請再寄來一份，或傳真一份 FAX 763459。有時候想，覺

令尊的韓國一切合法合情合理，可說不難，只是太麻煩。

除了寫作我實在很怕麻煩，這出版的事就是這麼一再三拖延了，真不好意

思。無論如何，給令郎或文件一頭，還有手稿，

集團，這封信就作手稿，如何？

好！

祝

弟 東年 敬 80.12.16.

東年手跡

出版說明

《臺灣作家全集》是臺灣新文學運動以來最有意義的選輯，也是臺灣文學出版上最具示範的創舉。全集係以短篇小說爲主體，以作家個人爲單位，涵蓋一九二〇年至九〇年代的重要作家，縫合戰前與戰後的歷史斷層，有系統地呈現了現代文學史上臺灣作家的精神面貌。

在內容上，包括日據時代，由張恆豪編輯；戰後第一代，由彭瑞金編選；戰後第二代，由林瑞明、陳萬益編選；戰後第三代，由施淑、高天生編選。全集計劃出版五十冊，後每隔三年或五年，續有增編，一人以一冊爲原則，戰前部分則因篇幅不足，有二人或三人合爲一集。

在體例上，每冊前由召集人鍾肇政撰述總序（文長兩萬字，首冊爲全文，其它則爲濃縮），精扼鈎畫出臺灣新文學發展的歷程、脈絡與精神；並由各集編選人執筆序言，簡要介紹作家生平及作品特色；正文之後，則附有研析性質的作家論，及作家生平寫作年表、小說評論引得，期能提供讀者參考。臺灣面臨歷史的轉捩點，瞻前顧往之際，本社誠摯希望能對臺灣文學的出版、推廣、教育及研究上有所貢獻。

台灣作家全集

短篇小說卷

緒言

鍾肇政

時代的巨輪轟然輾過了八十年代，迎來了嶄新的另一個年代——九十年代。

發軔於二十年代的台灣文學，至此也在時代潮流的沖激下，進入了一個極可能不同於以往的文學年代。

然則這九十年代的台灣文學，究竟會是怎樣的一種文學？

在試圖回答這個問題之前，我們似乎更應該先問問：台灣文學又是怎樣一種文學？

曰：台灣文學是台灣本土的文學、台灣人的文學。

曰：台灣文學是世界文學的一支。

倘就歷史層面予以考察，則台灣文學是「後進」的文學；比諸先進國的文學，即使是近鄰如日本，她的萌芽時期亦屬瞠乎其後，比諸中國五四後之有新文學，亦略遲數年。

只因是後進的，故而自然而然承襲了先進的餘緒，歐美諸國文學的影響固毋論矣，即日本文學、中國文學等也給她帶來了諸多影響。易言之，先天上她就具備了多種特色集於一身，因而可能成為人類文學裏新穎而富特色的一支——當然這種說法恐難免落入過分單純化機械化的發展論，未必完全接近實際情形。事實上，一種藝術的發芽與成長，土地本身的人文條件與夫時代社經政治等的變易更動，在在可能促進或阻礙她的發展。證諸七十年來台灣文學的成長過程，堪稱充滿血淚，一路在荊棘與險阻的路途上踽踽而行，備嘗艱辛。

職是之故，若就其內涵以言，台灣文學是血淚的文學，是民族掙扎的文學。四百年台灣史，是台灣居民被迫虐的歷史。隨著不同的統治者不同的統治，歷史上每一個不同階段雖然也都有過不同的社會樣相與居民的不同生活情形，而統治者之剝削欺凌則始終如一。七十年台灣文學發展軌跡，時間上雖然不算多麼長，展現出來的自然也不外是被迫虐被欺凌者的心靈呼喊之連續。

台灣文學創建伊始之際，我們看到台灣文學之父賴和以文學做為抗爭手段之一的筆跡。他反抗日閥強權，他也向台灣人民的落伍、封建、愚昧宣戰。他身體力行，諸凡當時的抗日社團如文化協會、民衆黨和其後的新文協等，以及它們的種種活動，他幾乎是每役必與，並驅其如椽之筆發而為〈一桿稱子〉、〈不如意的過年〉、〈善訟的人的故事〉等小說與〈覺悟下的犧牲〉、〈南國哀歌〉等詩篇，為台灣文學開創了一片天空，樹立了不朽典範。

中期，我們又有幸目睹了台灣文學巨人吳濁流之出現。第二次世界大戰進入最慘烈階段之際，在日本憲警虎視眈眈下，吳氏冒死寫下《亞細亞的孤兒》，戰後更在外來政權戒嚴體制的獨裁統治下，他復以《無花果》、《台灣連翹》等長篇突破了統治者最大的禁忌。他不但爲台灣文學建構了巍峨高峰，還創辦《台灣文藝》雜誌，創設台灣第一個文學獎「吳濁流文學獎」，培養、獎掖後進，傾注了其後半生心血，成爲台灣文學的中流砥柱。

七十星霜的台灣文學史上，傑出作家爲數不少，尤其在時代的轉折點上，每見引領風騷的人物出現，各各留下可觀作品。此處暫不擬再列舉大名，但我們都知道，在統治者鐵蹄下，其中尙不乏以筆賈禍而身繫囹圄，備嘗鐵窗之苦者，甚或在二二八悲劇裏飲恨以終者。以所驅用的文學工具言，有台灣話文、白話文、日文、中文等等不一而足，蔚爲世界文壇上罕見奇觀，此殆亦爲台灣文學之一特色。日據時，曾有「外地文學」之稱，輓近亦有人以「邊疆文學」視之，唯她旣立足本土，不論使用工具爲何，其爲台灣文學則無庸否定，且始終如一。

不錯，七十年來她的轉折多矣。其中還甚至有兩度陷入完全斷絕的眞空期，其一爲戰爭末期所謂「決戰下的台灣文學」乃至「皇民文學」的年代，以及戰後二二八之後迄國府遷台實施恐怖統治、必需俟「戰後第一代」作家掙扎著試圖以「中文」驅筆創作、接續斷層爲止的年代。一言以蔽之，台灣文學本身的步履一直都是顚躓的、蹣跚的。到了七十年代，鄉土之呼聲漸起，雖有鄉土文學論戰的壓抑，反倒造成台灣文學的欣欣向榮，入了八十年代，鄉土文學不僅成爲文壇主流，益以美麗島軍法大審之激盪，衝破文學禁忌成了不可遏止之勢，於是有覺醒後之政治文學大批出籠，使台灣文學的風貌又有了一變。

八十年代已矣。在年代與年代接續更替之際，正如若干年來每屆歲尾年始，報章上總會出現不少檢討與前瞻的論評文學，也一如往例悲觀與樂觀並陳，絕望與期許互見。有一明顯的跡象是嚴肅的台灣文學，讀者一直都極少極少，在八十年代末期的消費社會、資訊多元化社會以及功利主義社會裏，文學的商品化及大衆化傾向已是莫之能禦的趨勢，於是當市場裏正如某些論者所指摘，充斥著通俗文學、輕薄文學一類作品，純正的文學乃又一次陷入危殆裏。

然而我們也欣幸地看到，八十年代末尾的一九八九年裏民主潮流驟起，舉世爲之震動。繼六四天安門事件被血腥彈壓之後，卻有東歐的改革之風席捲諸多社會主義共產國家，連蘇聯竟也大地撼動，專制統治漸見趨於鬆動的跡象。(草此文之際，世人均看到蘇俄首任總統終告產生。）這該也是樂觀論者之所以樂觀之憑藉吧。

不錯，新的人類世界確已隨九十年代以俱來。即令不是樂觀者，不免也會睜大眼睛看著世局之演變並對它有所期待才是。而九十年代台灣文學，自然也已是呼之欲出！君不見繼八九年年尾大選、國民黨挫敗之後，台灣的民主又向前跨了一步，即令有第八任總統選舉的權力鬥爭以及國大代表之挾選票以自重、肆意敲詐勒索等醜劇相繼上演於國人眼睜睜的視野裏，但其爲獨大而專權了數十年之久的國民黨眞正改革前的垂死掙扎，彰彰在吾人耳目。

在九十年代台灣文學即將展現於二千萬國人眼前之際，《台灣作家全集》（以下稱「本全集」）的問世是有其重大意義的。過去我們已看到幾種類似的集體展示，計有《日據下台灣新文學》（明集，共五卷，明潭出版社，一九七九年三月）、《光復前台灣文學全集》（八卷，後再追加四卷，遠景出版社，一九七九年七月）、《本省籍作家作品選集》（十卷，文壇社，一九六五年十月）、《台灣省青年文學叢書》（十卷，幼獅書店，一九六五年十月）等四種。無獨有偶，前兩者均爲戰前台灣文學，後兩者則爲清一色戰後台灣作家作品。而其中，除最後一種爲個人結集之外，餘皆爲多人合集。値得一提的是後兩者出版時，白色恐怖仍在餘燼未熄之際，前兩者則是鄉土文學論戰戰火甫戢、鄉土文學普遍受到肯定之後，因此可以說各各盡了其時代使命。

本全集可以說是集以上四種叢書之大成者。其一，是時間上貫穿台灣新文學發軔到晚近的全局；其二，是選有代表性作家，每家一卷，因而總數達數十卷之鉅，堪稱自有台灣新文學以來之創舉。是對血漬斑斑的台灣文學之路途上，披荆斬棘，蹣跚走過的前輩們，以及現今仍在孜孜矻矻舉其沉重步伐奮勇前進的當代作家們之獻禮，也是對關心本土文學發展的廣大海內外讀者們的最大禮物。

（註：本文爲《台灣作家全集》〈總序〉的緖言，全文請看《賴和集》和《別冊》。）

目錄

孤獨的先知

——東年集序

高天生

一九五〇年生，基隆市人的東年，受過大專教育，曾赴愛荷華大學寫作班研究，現任職聯經出版事業公司擔任經理，他寫作相當早，曾獲聯合報、中國時報文學獎，出版有短篇小說集《落雨的小鎮》、《大火》、《去年冬天》，長篇小說《失蹤的太平洋三號》等書。

東年平時不太與文壇人士來往，他的作品有個人的創作風格，創作理念與同年齡的作家又格格不入，加以東年個性因素，部分人士對東年的「固執己見」擊節歎賞不已，稱譽其爲現代社會罕有的「孤獨先知」，但也有人批評其創作氣魄不夠，部分作品「欲言又止」，顯然心中的「戒嚴令」未除。

在當代作家羣中，東年的孤傲、潔癖是遠近知名的，在《台灣作家全集》集稿過程中，東年的不合作也令編輯羣感到「頭痛」，一度我們曾考慮對其「以牙還牙」，讓他在這套全集中「惡意缺席」，後經負責出版事務的林文欽募後協調，才改以折衷方案處理，即本集所選各篇，皆由東年自己「精挑細揀」，而不假編輯之手。

我們所以願意對像東年這樣的作家「破例」、「容忍」，主要是我們認為台灣在威權政治解構後，已形成多元分殊的社會，其最可貴處就在於各種不同的聲音，都可以透過各種不同管道呈現，因而對東年的一些個人堅持與作法，我們雖不盡然認同，但基本上確認他是一種，「不同的聲音」，為了他讓讀者傾聽不同聲音的基本人權，我們破例接納本集以作家特殊的風貌出現。

東年個人生活經驗特殊，他曾在遠洋漁船上生活了一段頗長的時間，有人因此期盼其成為「海洋作家」，希望他能夠在有生之年，寫出台灣獨樹一幟的「海洋文學」，長篇小說〈失蹤的太平洋三號〉就是這方面的嘗試，雖在短篇方面，東年著墨不是很多，即使偶一為之，亦多將其視為孤立社會的剖面，寫實的架構中孕涵象徵意義，這也正是東年作品的慣有風格。

〈祭七月〉就是一篇相當典型的東年風格作品，一九八〇年代以後，台灣文壇創作風格丕變，作家心中的「警總」，影響力愈來愈削減，「政治小說」的口號漫天價響，文壇中亦不乏「痛快淋漓」之作，在這樣的風潮下，東年仍然堅持以收斂、保守的手法，呈露其背後強烈的政治批判意圖。

東年這樣的作家，繼續存在，對我們的社會是幸？抑或不幸？這樣的問題頗值讀者思考。

是爲序。

死人書

來信上個禮拜收到了，妳說表伯仍然到處奔走，而且幾點跡象顯現轉捩的可能。對於表伯的努力我完全相信，減刑的說法卻不敢想，因爲我很明白發生的是什麼古怪的事，而在那個古怪的境況中自助和被助都是沒希望的。當然，我知道妳想安慰我；而編織這個謊言的時候，妳的心情是如何悲哀。

妳記得地方法院那個戴檢察官嗎？當然。那天他太兇狠，在他的控訴中，他幾乎是非把我碎屍萬段、置於死地不可。我不很明白後來他爲什麼幾次來牢房看我；他似乎對我的不肯辯護很好奇——在地方法院。他把我的寧靜神情和沉默誤解成冷酷的天性。喔！老天！是否妳也這麼想？是啦，妳必然也這麼想，因爲每次的信中妳或多或少，都提到要我悔悟這樣的言詞。

我不知道我是否必須悔悟；做爲一個檢察官，他代表社會的正義，用律書上的條文對我控訴。可是，我這對象太複雜了，我如何說起呢？我什麼也沒對他說，我只是告訴他讓我安靜。當我這麼做的時候，我一點兒也沒有傲意或者要傷害他的惡意。不知道爲什麼，我就是想這麼做，雖然我明白檢察官對於罪犯，並非一定是敵對的角色；有時候他們也必須扮演監護人或者朋友。他現在不再來了，我想他已經沒了耐心。

妳是眞的離開醫院，痊癒了；還是只想安慰我？我希望眞是，這是我非常擔憂而且恐懼的事。讓我告訴妳，我爲什麼會擔憂而且恐懼——喔，這一說我差不多就是告訴妳整個故事了。

去年，二十歲的生日那天，我把房間漆成白色。我喜歡白色的牆壁，就像我喜歡我們家那套黑色的沙發。可是，漆完房間，我看了看覺得有些不安，耳際彷彿響起火車進入隧道前尖銳的汽笛。洗完手，我坐在窗前讀文化概論，眼神卻無法集中，因爲屋頂上隱約傳來自來水滴進水箱的聲音。我扔下書，站起來看窗外。遠處，有幾個小孩吆喝著打棒球；我看到一個騰空高飛的球嚇跑了電線上落脚的麻雀。然後，我看到妳跳著走上樹蔭底的階梯。妳的頭髮比高三的時候長了許多，那使妳看起來非常可愛；短頭髮的時候，妳的顴骨太顯眼。卸下大學聯考的負擔，妳也胖了許多，因此妳的頰上又顯現童年的紅暈。我幾乎不認得妳了，因爲十七歲以後，鏡子中的我的臉孔，一直是瘦削又蒼白，而眼神自然的流露敏銳的殺氣。妳並沒直接走向家門，階梯上那三盆玫瑰開得很好，妳被那些可人的花朵吸引住了。我記得很清楚，因爲妳曾經蹲下去撫弄那些花瓣上的露水，而且微微的笑著。老天，那是一個多麼柔美的初夏早晨，樹叢間閃亮著金色的陽光。彎生的緣故，我有個錯覺，想像妳就是我。我迷惑呆立，甚至沒發覺妳何時已走進我的房間。第一眼妳就看到我放在書桌上、養在扁形酒瓶裏的小青蛇；牠把妳嚇得駭然失聲，臉色慘白。我自己也不明白，爲什麼我要養那條小蛇，而且總是在出門的時候將牠帶在身上，放在風衣懷中的內袋。不過，我可以告訴妳牠如何來的：一個小孩送我的，他父親專門抓蛇。有一個禮拜天下午，我留在學校宿舍看書。忽然，窗口圍來幾個小孩。我給他們一副撲克牌；因爲他們打赤脚又穿得破爛，我又給他們二十塊錢去買糖果吃。過了不久他們又嘻嘻哈哈的鬧回來，其中的一個倒提了那條小青蛇；那蛇太小，所以沒有力氣彎起身來咬他的手。

妳是那麼討厭又害怕那條小蛇；我趕忙把牠放進書桌的抽屜，可是我們仍然談不出什麼。我想問題在我，我總是不想多談；不耐煩的緣故。而且，每次妳都有改變我的用意，因此我們之間永遠是無休的爭辯，而且沒有結果。坦白說，我也難能專心去聽任何人談什麼。我慣於板起臉皺眉頭；不細心的人就會以爲我是用心聽著，而細心的人則會了解隱伏的慍怒和輕蔑。我的眉頭是越皺越突起，過分用勁的緣故，額頭也出現兩三條深陷的紋路。也許，我這張古怪的臉——完全不同於妳明朗健康的臉，使妳厭煩了；所以妳說妳要去海邊找父親，當妳聽說他去釣魚了整夜還沒回來。

本來我決定那天早上好好讀完一章；下個禮拜一，我們幾個學生和教授有個討論會。心神不寧，情緒浮躁，我只能不斷的跳行讀。然後，我又站在窗口，無意識的望著外面。

有時候我眞是神經兮兮的，好像那天——一般人總是在生日的時候煮蹄膀和壽麵，或者洋化地吹蠟燭切蛋糕，再唱個生日快樂。而我，我去了對面山上公墓。我從公墓旁的小徑走上山坡，大概走過頭或者忘了地方，我沒找到妹妹的墳；才一年多野草就把墳地掩了。我翻來找去，逛遍整個山頭，結果只找到一個吊在樹上的屍體，我是否能談談這具屍體？讓我談一談吧。醜惡的蛆蟲正在饕餮他腐臭的肚腔，而且在褐色的屍泥裏翻湧出牙黃色的波浪。我差點作嘔，不過只是冒了一身冷汗，因爲林中深處有幾聲野鴿子的啼喚，弄得林間的氣氛很淒涼。我也沒逃跑，正相反，我就近坐在一棵大樹的根上，繼續對他觀望。他穿的那套西裝原來是鐵灰色或者暗藍色，就像通常我們在街上看到人們穿的那種。那雙穿不住脚而脫落在地上的皮鞋也不錯，我這樣肯定它們的質料，因爲它們的形狀仍然保持相當完整；我甚至於玩笑的想：洗乾淨還能穿呢！除了第一眼，我一直不想再去看他的臉，忽然間一隻松鼠突然爬上那棵樹，竄上枝頭，引導了我的視線。那時，我才發現那張臉沒有眼睛，只是兩個窟窿。老實說，我非常厭惡那個印象，尤其當幾隻嗡嗡作響的蒼蠅從眼洞裏飛出來，停在我臉上。我沒再繼續找妹妹的墳，我想實質上她已經化爲烏有，不過有什麼可怕的、令我打從心底寒顫的東西發生了。

妹妹怎麼死的？正常的說法是肝病死的。因爲鬧肝病之前她害過一場肺病，我們家沒人覺得詫異，甚至於意外車禍死的母親也一樣。這其中是有原因的，現在我想，我必須告訴妳。有一天我正好走在程惠美和林碧雄他們的媽媽後面，那時候我們母親剛出殯不久。她們談著我們鄰人陳家門前那塊黑色的木板，說：那是一種邪道的符籙，專咒害人命的。正確的名稱大約叫「犁頭符」，就是要犁刀一路犁下去的意思。我當時聽了只是微微一笑，不過從墳場回家那天，因爲墳地裏死亡和虛無的氣氛使我對這件事很認眞。被恐懼逼迫，我回到家立刻拿一把椅子墊脚，把頭越過我們的圍牆去看傳聞的那塊木板。

因爲高築的圍牆和父親的孤僻，我想至今妳恐怕還不清楚那個鄰居是什麼樣的人家；讓我順便告訴妳吧。那是個肥料公司的工人，和山佳的父親同一組。他的工作只是搬運電石。所以他有一身結實的筋肉。我看過那一身筋肉，那時候他只穿著黑布鞋和內褲在山上砍柴。他的頭髮很短，幾乎是光頭，因而那張長滿鬍鬚、肌肉橫生的螃蟹臉看起來更加陰狠；兇狠，是因爲他的眼神，他看人總是獸樣的虎視眈眈；陰沉，是因爲他勤快工作而被太陽曬黑的膚色。我必須公平的提醒妳，他眞是個勤快的人；他墾地種菜、挑糞施肥。我不必在此談論他是如何一個粗鄙的俗人；妳或許也聽過無數次他大聲詛咒他的子女，或者和鄰人激烈吵架的字句。他的妻子也是一副不討人喜愛的長相：長而彎的臉像新月，發皺的肌膚像惡夜的陰雲。至於他們家的子女我就不淸楚，因爲他們上學又成天工作。他們的房子就是一般的民房，磚牆瓦頂，不過他們有三個門；我相信他們左邊的房子是厨房，中間的房子是客廳和臥室，右邊的房子是臥室。我們的過節就在門這問題上；據說，當初我們以一個陌生人家到那裏蓋房子時，他們挑剔了我們後面的屋角，說是正對他們的厨房門，壞了他們住宅的平安。於是，他們要求我們將房子向前移幾尺。我們做了，誰知道向前移了的前面屋角竟然又正對他們的正門。這裏面絕對沒有惡意；老天！我們家誰會是有惡意的？我問過父親，他說他不知道有這回事。我們蓋好房子不久，他們家的女主人就病了一場。他們是南部什麼地方來的，相信鬼神風水這套東西。

好了，那塊黑色的木板就是這麼來的，有兩臂張開那麼長寬，用松樹的樹幹立在空中，正好屏衛著他們客廳的神案和我們牆角的中間。我第一眼看到它就心神不寧，不過我不願意相信它。我想我是太累了，立刻就去睡覺。我醒來的時候，妳正在做晚飯，而客廳的茶桌上擺了蹄膀和滷蛋。父親仍然在釣魚，和他一樣我也不在乎什麼慶祝生日；而且那塊黑板的陰影不散，我一點兒吃蛋糕的心情也沒有。我甚至於沒吃晚飯就要回學校，妳問我爲什麼，我什麼也沒說，過分做作的尊貴意識作祟，一向我都是獨自承擔並且抑止任何負性的心理活動；那一天來我倒想讓別人來分擔，可是我不能說，那可能會是個禁忌；我恐怕會把妳嚇著。

妳是否記得我們鄰村的那個怪模怪樣的小男孩？當我在路口等巴士的時候，他正好路過；他長高許多了，不過還是那個樣子：光頭赤脚、衣衫襤褸，有張癡呆又汚穢的圓臉和浮凸兇惡的大眼，而厚唇和嘴緣因爲終日垂涎而糜爛。每次看到我，他總是要錢；他向我伸出一隻骯髒的手，我給了他十塊。他並不滿足，我只好再給他十塊。我不知道他怎麼搞的，他不再只是我心中那種癡呆的印象；他似乎鬧瘋了。他把鈔票塞進褲襠，立刻又伸出那隻骯髒而發臭的手，最令我厭煩的是他咧開一嘴從來不刷的黃牙，對我傻笑，所以我匆匆忙忙的攔下一輛過路的計程車逃開。

除了這兩件莫名其妙的事，那天夜裏還有煩惱我的；整個後半夜鬧雷聲，以至於我失眠著躺看猙獰的閃電，和發自天際一閃一閃的整片銀綠色的強光。當然，我還是想著那塊討厭的黑板，不過這不是使我失眠的全部原因。那時候的幾個月前，如果這樣一塊非理性所能接受的黑色木板，能夠令我神魂失措，對我自己和朋友們來說都一定是天大的笑話。我眞是太疲倦了，那幾個月。

那幾個月我和葛麗罕修女談得很勤，這事妳是知道的。不過，除開一個禮拜來往兩三封信，兩個禮拜在修道院見一次面，還有她很關心我這三件事，妳有件事不清楚：我愛她。好了，這又是我一個秘密，妳一定以爲我太瘋狂——一個大我十五、六歲的修女！她愛我嗎？我不知道。一個修女在信上或口頭上說我愛你，並不是一件不可思議的事。不過，她曾經在信上寫過這樣的句子：「你我就像錢幣的兩面，這就是我們需要朋友的原因，因爲透過朋友們的觀點，我們才能了解生活的全面。」當然，我必須明白錢幣的兩面是個不太適當的比喩，至於我自己也未曾將粗俗的聯想放在裏面。這兒有一個很有意義的句子，是摘自她的一首詩：「在昨天和自我之間，我在黑暗中奔行。」我就是因爲這個意境對她瘋狂，事實上，我也是這樣的一個行者，算是同病相憐。

葛麗罕修女已經走了，可是有句聖經裏的話留在我心裏，一直困惑我。我不是個基督徒，不過我相信基督的一句話；是他在人間的最後一句，原文是：「厄里！厄里！拉瑪撒巴各大尼。」意思是：「我主！我主！爲何捨棄我。」葛麗罕修女曾經說：「猶大的罪不是出賣而是自殺，自殺是對神絕望，絕望是罪。」我相信基督是絕望了，當他被釘上十字架。辯證的說，那絕望是無限的強，不是嗎？

我的根本問題就在這裏，當葛麗罕修女帶走我的感情，這個問題趁著脆弱的眞空狀態侵佔我全部的心地。讓我從第二天的討論會來說明我的挫折；那天的論題是「工具與人類的進步」。每次我們總是非常樂觀來談任何問題，談後無論有無結果也都是滿懷希望，興致勃勃。我不再抱任何那樣樂觀的希望了，我相信罪惡是難以抗拒的，在人性裏；

人們永遠無法征服它，就像無法不藉任何器具而將自己舉起來。是的，人類的進步和使用工具以及改進工具的能力是息息相關，這點是人優於禽獸的主要原因之一。此外，人們總要誇張的說，人之所以爲人，在於他站起來的直立狀態。屁！人不過是能夠全然站立的無尾猿。我罵得一點也不誇張，想想，人們能夠將他們一輩子修養來的美德，直接在生殖的時候遺傳下去，好像能夠將改善工具的知識和技術直接傳授給下一代嗎？永無希望的，每一代人的努力總是隨著那一代人的死滅而結束，一切都得從頭開始，而每一次的開始，那種熱情都打了一部分折扣。理想？沒有這東西了，像我這樣的人不過是它的殘痕，而做爲一種遺跡，我的存在不過是個笑話，呵！

懷著這個新的認知，我的生活是否改變了呢？沒有，因爲我的驕傲我仍然繼續扮演那個角色，而且更加認眞。我生氣了；好比打籃球或者踢足球的時候，我拚命的搶攻，拚命的防守。我那些同學多多少少都犯了手淫，或者玩女孩，而我根本不懂這回事，我像一匹純種的野馬，因此我把他們弄得很狼狽又很煩。我知道他們很煩，有的人甚至於不公平的說我有虐待狂。可是，我確信我沒錯，只要我不犯規；喔，人們不是強調要勇敢嗎？哼！如果你爲了他們的利益而扮演勇敢的角色，他們就爲你喝采，反之則否。我瞧不起他們，我一向就瞧不起他們；事實上我瞧不起所有的人。我一直努力使人們注意我，信服我，口服心服，然後我要改造他們，使他們眞像人的樣子。人是什麼樣子？就是我這個樣子？如果不是父親的乍死，我會說：「是的，就是我這個樣子。」

父親怎麼死的，釣魚滑下海被礁岩撞破頭死的，我可不相信這個說法；村子裏的人已經開始困惑，而且不斷為那塊黑木板編出各式各樣的鬼故事。我也有一個鬼故事：父親死的前兩天曾經來學校看我；那是個陰天，天氣仍涼，他穿了那件墨藍色大衣，因此臉色顯得格外蒼白。他沒說為什麼突然來看我，我們沉默的站在草地上的一棵菩提樹下，不時的他以一種極其憂鬱的眼神注視我的眼睛，而我則淘淘不絕的埋怨東責怪西。最後，他以沉痛的語調說：「不要像我這樣過日子。」

我必須承認父親引導了我大部分的童年生活，可是我不像他，他是個沒有勇氣的人。當他要我不要像他那樣生活的時候，他錯了，因為對於一個不能適應的環境，他採取的態度是逃避，我採取的則是征服。無論如何，他還是在他離去的背影中留給我一個啓示：服從——我只能這樣說，因為我不明白他是否有這種想法：征服和逃避都是不可能的。這個啓示使我很沮喪，從秩序的前後來說，它再一次挫折我那種英雄的意識。我在前面說過，我已經厭倦於做一個領袖般的英雄，只想做一個滿足於自己的好漢；我所說的再度挫折就是指此而言。

望著他在路上遠離的背影，我同時想起他的眼淚；他不止是流淚，那一次他坐在梯道上口的樹蔭裏，看著母親的照片，忍不住趴在膝蓋上哭得像小孩。感情，我相信這樣。

父親一直不喜歡母親；若非祖父的安排，他絕對不會娶一個只是漂亮的平凡女子。不過，他是個公道的人。他曾經帶我去海濱公園應一個女人的約會，我不清楚他們談什麼，我只是國校三年級的小孩。我只能大約記得他說：「不可能了，我已經有了一個好妻子，兩個可愛的子女。」於是，那個女人流著眼淚跑開了。我相信父親的心中一直有她的影子，所以他對母親的感情總是很平淡。父親的眼淚對於母親來說是太遲了，對於他自己來說則是太毒；像一種酸液，日以繼夜的侵蝕他的臉孔、身體和心神。

當他的背影在路上的拐彎消失的時候，一片死亡的陰影突然掠過我的腦海。我很想追著去，請他不要在夜裏去釣魚，喔，老天，當時的憂慮是那麼強烈，因此整天都無法釋懷，甚至於那個晚上我就做了一場惡夢。我夢到一個風雨交加的深夜，四個戴黑笠穿黑衣的挑夫，扛了一個黑木箱撞進我們的家門。這個夢使我失去全部的勇氣，全然的恐懼那塊鄰人的黑木板而顫慄。我是那樣的害怕，以至於醒來的時候，心口仍然急跳個不停，氣喘個不休。於是，我決定那個週末趕回家，認眞和他談那塊木板。喔，太遲了！太遲了！

在整個父親的喪期中，我不曾滴過一點淚水，不過我開始強烈的懷念我們家的死者。這種感情活動得非常強烈，以至於我也懷念我那些同學。懷著這樣的想法，我慚愧的回學校去，使我更慚愧的是同學們以極其關心的態度對待我：好比自動的借我筆記，在球場上使我更稱心如意，或者當我在場的時候他們立刻停下熱門音樂。我無法謙卑的接受這樣的盛情，是的，我願意做個非常感性的人，可是，他媽的，我當時怎麼會那樣想：「我要逃避那個年班，從下個年班從頭開始。」我就是這樣休學的，並非只是我告訴妳的：父親的死對我的打擊太大了。

當然，牽涉到那塊黑木板，父親的死是有那種打擊的意義。坦白說，我開始想復仇，這念頭非常強烈，而且我恐怕妳我將是下一個被詛咒者。我時常又恨又怕的望著那塊黑木板和那家鄰人，有時候激動得想在深夜封死他們的門窗，放一把火。可是，我終究不是那種衝動或愚蠢的人；正相反，我既冷靜又聰明。我的確非常冷靜，想想看，在這樣血腥的念頭中我仍然忠實的遵守一些做人的原則，而且爲仇人思慮。說眞的，我是個非常公正的人，如果必須決鬥，我一定會給我的對手相當我自己的境況和機會。無論如何，邪術和咒語這種東西，究竟只是傳說中無法證實的東西，而且我正想過一種新生活，再加上害怕法律的懲罰，我必須把這事忘了。我能做的只是隨時避免危險的境況，好比：我不再去游泳，不再參加任何激烈的運動或辯論，坐車的時候不坐在最前面和最後面，上街的時候，隨時前顧後盼左右觀望。

爲了我的新生活，我密封了我的日記和書籍，還有任何關於個人私密的東西。我認眞做的第一件事，就是放生了那條小蛇。然後，懷著遊戲的心情回到小學校園去逛看。

我一向不參加同學會，所以這是我童年後第一次去那裏。沒有一個角落是我熟悉的，除了兩棵大榕樹。以憑弔的心情，我特地去看、去摸它們。童年的時候，除了球戲，我們慣於以那兩棵樹做爲敵對的雙城，在其間玩抓人的遊戲。妳是否看過我們男孩子時常在空地跑來跑去，躲來躲去，抓來抓去；被抓的人在對方的樹幹旁，手牽手的連成一條長線。我喜歡玩這個遊戲，因爲我善跑善躲，我總是抓人救人，使我方敬佩，敵方頭痛，而且我從來不服輸；每次，如果我方的人給抓光了，而我又無法救他們，我就會跑進深山躲入樹林，或者一鼓作氣的跑上街。這樣，遊戲就無法分出輸贏。想著，想著，我忽然有種罪惡感而愧疚的想起那些童伴。在課業上或者老師們的疼愛，我也總是把他們拋遠在後頭，老天！是否我的得意一開始就挫折了許多人往後的信心？

我曾經間接的問山佳這個問題，山佳說：是的，比較我的一切，他在童年時就自卑的認爲他是個沒有用的人。可憐的山佳，他始終記得他是個打赤脚葳葳蕤蕤的走過他的童年；老師如何計較他缺交補習費，而將他趕出放學後的那堂補習課；別人夏日帶到學校的茶壺是泡著酸梅或者什麼東西；還有大家是如何的瞧他不起。

我是坐他車遇到他的；他是人家新雇用的計程車司機。那天，他像久別而遇的朋友一樣，隨意的和我寒暄幾句，然後忽然氣憤的談起他剛放下車的乘客。他說因爲幹道上車擠，他拐了一條巷子，然後憑良心自動的扣減了跑錶顯示的車資，但是乘客仍然爭執一塊錢。他火了，就一毛錢也不願扣減。接著，他說他很少和人生氣，不過只要別人沒道理惹他生氣了，他就會悶聲不響的揍人，一揍人就打鼻子和太陽穴，打得人家一臉血或者一頭暈，至於遇到比他強壯高大的，他就用扁鑽。說完了這些，他得意的哈哈大笑。對了，他還特地告訴我，爲什麼他留長兩邊頰上耳前的鬢毛，說是故意要嚇人的。呵，他看起來一點兒也不嚇人；他還是那個柔順的樣子。誰也料不到他現在變得那樣白嫩，像國片中那種小生。

那次見面之後，我們有幾個晚上在一起喝啤酒。每次我都想安慰他、鼓勵他，可是每次都被他灌得迷迷糊糊，只有聽他嘮叨和詛咒的份。他眞是一個邪惡的人，而且是故意的。好比：厭惡桌上的螞蟻，他不是一巴掌將牠們掃除，而是任牠們來來往往，用指頭一隻隻的掐死。我不知道這批判是否公正，我也不清楚我是否也是他仇恨的對象，因爲有時候他開我的玩笑很過火；最難堪的一次是，他比著自己的臉皮說我在某處吐過口水。老天！我不記得，一點兒也記不得這樣粗鄙的事。那時候他有八、九分醉了，可是我覺得非常難堪，所以我站起來打開他房間的窗簾。憑良心說，那窗視野非常美麗：蘭蘭他們那邊公寓樓房的窗子，一塊一塊的組成一片溫柔恬靜的光彩，襯著這片光彩我能看到銀灰色的馬路，馬路下墨銀色的鐵道和小公園。公園裏有兩個小孩在盪鞦韆，另一羣小孩高高興興的玩著躲迷藏。可是，山佳憤恨的說：「我恨那邊的人！不過我報了一個小仇，我把蘭蘭幹了又甩了。」

我一點兒也不相信這句話；那些天的談話中，我幾次發現自卑感作祟使他常常說謊。每次發生這種情況，我總是不知所措而沉默，因爲我不慣於應諾作假，他只需看我不自然的神情和閃爍的眼神，就會明白我根本不相信；而他通常就含混過去。可是，這次他很認眞很激動，因此酒意立刻褪去幾分。「秦逸，」他說：「她是個亂七八糟的女孩，她自動上門的，就在我車子的前座，天知道幾次，呵，如果是個處女我也許還會考慮，我恨死她父親了，有一年過年的前幾天，我爸爸要帶我去街上買新衣，我們在巴士上遇到了，她爸爸喊我爸爸說：『阿萬，今天下午不是你的班嗎，你要去哪裏？』我爸爸說：『失禮失禮，劉課長，我帶小孩去買一件卡其服，我和王組長請假了。』『那不行！那不行！我怎麼不知道？』她爸爸毫不通情的說：『下一站就在廠門口，你下車吧。』」說到這兒，酒氣沖頭，他晃了晃腦袋就躺下床睡去。

這個小故事使我很難過，回家的途中我不自覺的想起從前沒電視節目消遣的時候，那條河兩邊的小孩時常成羣結隊用橡皮筋彈紙彈、用彈弓打石子，或者過年度節的時候互扔爆竹和火彈。我時常去湊熱鬧，不一定在那邊，這決定於當時那一邊弱。蘭蘭變得亂七八糟我是知道的，記得妳也曾經告訴我，因爲她總是出口不乾不淨挨過同學耳光。回到家我立刻給她寫一封信，請她來看我。我沒說明原因，因此她的回信充滿驚奇，而且莫名其妙的寫了一段過分羅曼蒂克的話，她長得果然非常好看，像她媽媽；可憐，若非她這個淫蕩的媽媽，或許她不會那麼糟。我們約在早上去海邊，那天的海面不太平靜，不過晴朗的陽光曬滿了乳白色的海灘。她穿一件磨蒼白了的牛仔褲，燙得筆挺的白布襯衫，看起來像個正正當當的女孩，可是她的壞記錄使我無法心安的在人們面前，大大方方的和她走在一起；而且對於女孩子們我一向是害羞的。所以除了見面時的招呼，我們在去海邊的路上並沒交談過半句，她也就尷尬得沉默。

海灘上沒別的人；我們走到一個夏季海灘上賣冰人的木棚子，在雨水洗乾淨了的長板凳坐下來。我的第一句話使她很吃驚，妳一定也很詫異。我說：「蘭蘭，不要做那樣亂七八糟的女孩。」刹那間，血液衝上她蒼白的臉孔，同時她激動的說：「我不在乎，任何人要和我睡個三兩夜我都不在乎。」嚇了一跳，我一時說不出話，因而她更加激動的問我：「爲什麼！爲什麼你無緣無故要戲弄我？」說著，她忽然湧出淚水跑開了。我想追去攔住她，可是我只跑幾步路，因爲前面遠處正走來我們那個鄰人；起先我只是恥於在他面前追女孩，後來當我回頭快步走向海灘的一角，一個可怕的念頭閃過我的腦際。

那人是來海邊撿柴火的，他走另一邊的海灘，一路走一路撿，忽走忽停；而我若即若離的低著頭跟住，裝著是撿貝殼。當他走進一片岩石堆，我馬上快步跑上一條山徑繞到他前面。當我興沖沖的就地撿起一節木棒，腦中才有清晰的血腥的念頭；這以前，那只是類似做球賽的衝動。我們距離很近，我只消大喝一聲當頭一棒就可了事，可是我既害怕又不忍心，因此失去了所有這般的好機會而被他發現。面對面的刹那，我詫異的發覺他的恐懼遠深於我；他甚至於駭出一聲短暫的喉音。他的第二個反應是丟下懷中的木柴，回頭想逃。可是，那邊被高大的礁岩擋著，只有一路洶湧的海水，因此他又回過頭來面對我，慌亂的擺出摔角的樣子。我只瞥他一眼，就帶著我的木棒走了，裝得好像只是路過。我沒料到他是這樣一個懦弱的人，因此在路上我反而擔憂把他這樣一嚇，是否他會使用更可怕的邪術迫害我。想到那種推動死亡的邪術，我也變得非常懦弱，甚至於神經兮兮的害怕喧嘩的海水。我幾乎是跑著離開海邊的小徑，直到看到了別的人才安心。這樣，我才又有心神去想蘭蘭。

對於蘭蘭我愛莫能助；當然，我明白愛必須是完成了的行動，而不止是言詞或念頭。我承認我犯了本末倒置的方法：我不該一開始就用那樣尖銳的措詞。可是，對於那種故意墮落的人，我難道還要用所謂的諄諄勸導？事實上，我隨後又給她寫了兩封就是這樣的信。回信是這樣的：「請你少管閒事！你眞的那麼關心我的話，討我做老婆吧！」呵，我不能做這種事，是的，我承認我不夠偉大，可是我尊重公道：任何人都該爲自己做的事負責。無論如何，我還是對自己失望，因爲我究竟不是我自己所想的那麼愛人，同時我更進一步的了解，這些日子來，我眞正混亂的原因：當我眞正面對實際的世界，甚至於全身投了進去，也不過像一粒小石子陷進一大片骯髒的無底沼澤。這以後，我決定再不去想別人的事和外在的世界，我開始只關心我自己了。可是，關心得那樣密切，以至於我又敏感的想起那塊黑木板，而隨時隨地感覺到什麼恐怖的氣氛籠罩著我。這樣的意識中，我變得非常惶恐和軟弱；好多天我開了燈睡，因此睡得更糟，而飯也沒吃好。

然後，有一天早上我忽然嘴饞的想吃豆腐，因此大清早拎個碟子到巷口，找那個賣豆腐的老太婆。正巧，那個鄰人的長子也在那兒；他的計程車停在雜貨店旁的空地。他擦了擦玻璃窗和車身上的露水，就把車子開出去；身子開得很快，刹那間我不由自主的想它撞毀在大樹或者路旁的樣子。這個念頭我曾經動過，這就是前一陣子我常常和山佳在一起的部分原因；因爲有一次我們談到汽車的煞車。一般來說，車子的煞車系統是由油壓或氣壓操縱，而一個計程車司機每日開車前必做的檢查工作，除了檢查引擎的黑油和水就是一杯油——如果那車的煞車系統是用油壓控制。

我沒吃那塊豆腐，我幾乎是搭第一班公車上街，整個早上在街上搜購鑰匙；而整個午夜試它們。以後的三天早上我都去買豆腐，每次我是跟在他後頭出門，所以能夠清楚的看他做些什麼；他似乎是夜間做檢查工作，因爲他總是擦擦車身就開車子。

我將車子動手脚的那天晚上下大雨，一切都很順利；不過當我匆匆忙忙的把油布、吸管和油壺扔下怒滾的河水，忽然有個人影向我走近——那個癡童。閃電的青光下，他像個忽明忽滅的幽靈，而且怪聲怪氣的呵呵笑。我又羞惱又恐懼的問他笑什麼，當然，他不會回答什麼。我趕忙掏光我帶在身上的鈔票和錢幣扔在地上，然後跑回家。我們那個鄰人正在咆哮著罵他的那個兒子，責怪他膽敢想在外面買房子，要搬出去；說他結婚後就只聽老婆的話，忘了父母；順便也把那個媳婦臭罵一頓。我一直非常擔憂；是否那個癡童會是個可怕的陰影？是否明早那個鄰人的兒子會發現什麼差錯，使得我和他父親在海邊相遇的意義變得很顯明？不過，他們這場爭吵使我有點安慰——我期望它能爲第二天可能發生的事做註脚。

事情是按我的願望發生了，我只是沒料到會發生在他的起步。那天我仍然大清早去買豆腐，所以親眼看到那部車子栽下河裏，同時看到那個鄰人的兒子打開車門，在墜落的車中探出半個身子——我沒看到他的臉。結果和傳說我不必在此多言；一開始就沒人想到謀殺這種事，所以我不知道結果就離開基隆到台北去了。

我坐火車，最後一節車箱。車子經過八堵橋的時候，我把那些鑰匙扔下基隆河。這時候我才眞正的鬆了一口氣，不過我非常非常難過，看到那人掙扎著要脫門跳出來以後，這就是我最主要的心情。一切像場惡夢，我眞希望它不曾發生，可是它是個事實，唉，而且我又希望鄰人會把它和黑木板聯想，在惡有惡報的意義中得到教訓而悔悟。

我太累了，必須躺下來睡覺。那節車廂空空蕩蕩得怕人，而且是最後一節，所以我繼續的向前走了兩三節。蘭蘭也在那裏，在她的膝蓋上有一份報紙，而她發楞著望窗外。猶豫片刻，我鼓起勇氣裝出笑臉和她打招呼。她一下子就紅了臉不知所措，然後才挪開該有的半個位子讓我坐。我不想再重複說過的話，就借她的報紙看，而她繼續看她的窗子。車子還沒有到汐止我就看完報紙，我們不得不說話了；不過沒誰談認眞的事。這也好，我們之間的緊張不見了。我不知道她爲什麼去高雄，她只說去看她阿姨，閒著沒事而且有躲遠的念頭，我忽然就補了票跟她去高雄。

每次到高雄，我總是住在一個圓環邊的旅社，就在車站不遠。我喜歡在高樓的窗口俯視一個噴泉，它在圓環中間，噴口是兩隻鶴；一白一黑。我第一次發現它就喜歡，說不出爲什麼。在高雄車站分手，我順路搭她的計程車。我很高興能夠找到面向噴泉的房間，而且決定痛痛快快的享樂一下。這個念頭使我很吃驚，我從來不曾這樣想。我在一家館子吃了大餐，然後去看電影。那是凱撒被刺的故事，可是戲院在影片中插演了色情片子。那是我有生以來第一次了解：男女的肉體可以那般用做玩具。當然，這以前我多多少少有些概念，可是概念是另外一回事。對於那段影片，我是旣吃驚又厭惡，然而終究敵不過那種歡樂的興奮；以至於那個晚上，忽然間我就變成一隻飢餓的野狗，當然，因爲害羞我無法在街上找到一個女孩，所以我打電話給蘭蘭。她很意外，不過立刻跑來看我。

我很抱歉和妳談這樣骯髒的事，不過這很重要；我必須先談這個才能繼續談下去。我無法照我的願望，做全部的事；當我們赤裸相對的時候，我對她和自己都無比的厭惡。我無法掩飾我的感覺，所以她又生氣了，而且在我臉上吐口水。我拿香皂把臉洗了好多次，然後站在黑暗的房間看那個噴泉。那時候，街上偶爾才有一兩個行人或車子，店鋪和住宅也都陸陸續續的熄了燈火；整個窗外的世界像一幅寧靜的畫，抽象得只是一片浮影。同樣的，微黃的路燈下，那隻白色的鶴仍然明白可見，而那隻黑色的陰暗得幾乎不可辨清；可是它在那裏，確實在那裏，眞實得像反覆不已、永無止境的黑夜。我又想起那塊鄰人的黑木板；因爲已經徹徹底底的被它逼進一個激流的漩渦，我必須承認它是個實在的邪惡。想到這兒，我的心口不由得怦怦作跳，而且被窗玻璃上自己的影子嚇著。

我睡得很晚，但是醒得早；被車聲吵醒。略涼的清晨，躺在被窩裏很舒服，所以我繼續躺著，而且愉快的聆聽清潔車呆板且反覆的樂聲，直到鄰房的收音機播放颱風的消息。那個早來的颱風仍然要掠過北台灣的海面，聽到這消息我的心口又是一陣亂跳。

回到基隆我並沒立刻回家，我坐在世紀音響中心喝咖啡。從牆上大片的玻璃窗，我能看到街上滂沱的大雨，和港灣內搖撓的衆多船隻的檣桅。我喝了兩杯咖啡，消磨到打烊的跟前才喊車回家。鄰人因爲做喪事，院子的一邊搭了帆布篷。篷下什麼也沒有；鬧颱風的緣故，他們也緊閉門窗。

狂風喧嘩的搖撼村子裏和山上的樹林，弄得漫天黑暗的翻飛的陰影；而協和發電廠那根擎天昂立的高大煙囪，淒厲的長鳴刺耳的嘯聲。我在小石子亂墜般的豪雨中連翻兩座圍牆，當我翻進他們牆的剎那，眞是所謂的毛骨悚然；喔，那不止是對一個死人的靈魂挑釁。我試著拚盡全身的力量去推那根柱子，可是兩腿顫抖得發軟。天色非常陰暗；後襯著一點玻璃門透出的燭光，那塊黑木板黑得更加陰沉，像是惡夜的一張大嘴，恐怖的咬牙切齒，在風中吱吱怪叫。我終於一鼓作氣的撞倒那根柱子，然後趕忙翻出牆而臉朝下的摔倒在稀爛的泥濘地。幾乎是同時我就聽到一陣劇烈的撞門聲、碎玻璃聲，還有他們那隻老黃狗昂長的唬哾。

我記不得是如何回到家，至於我的恐懼——我差點瘋了。大約有三個日夜的光景，我昏昏熱熱的在床上病躺。我不想在此回憶它，說眞的，一想起那黑木板，彷彿間——我，喔，是否此刻我——老天，多麼巨大的一個邪惡！讓我將它跳過去吧。我終於又好起來了，只覺得一點生理上的虛弱。鄰人的喪事已經結束，那塊黑木板倒了；如我的意願，他們賦予它的折倒極大的警惕意義。沒任何怪異的事情在我身上發生，我眞是好起來了；像雨過天晴，我的心情也逐漸清朗。我時常出門去散步，淸晨或黃昏；我總是走得很遠。記得有一次腳踏著林間草地上的落葉，在一路的唏嗦聲中竟然愉快的笑起來，終而哈哈大笑。不過，這樣的愉快心情不久就被另一個陰影遮掩了。有一個黃昏，當我才走進樹林，我感覺後面有個人在跟蹤；我相信那個人就躲在我回頭看的那叢樹後。我沒走過去證實；我害怕，我立刻就離開那裏，而且再不去逛樹林。

然後，有一個下雨的晚上，我出門去寄信，心血來潮，我一路逛下去。我沿著河流走到那個隧洞口；那時候，人們都睡著了，路上只有我和前後路燈所投射的我自己的影子。那些由一個變兩個，兩個變三個，三個又變回一個的影子，使我很困惑。一向，對於我自己存在的空間，我以爲非常明白可解；現在，因爲那塊黑木板和接連發生的怪異事，我眞的困惑了。那個與人同高的隧洞口上有一棵掛滿鬚根的老樹，我所以停在那裏，因爲無意間看到葉叢的枝間有一對貓頭鷹的黃眼睛。忽然，一個奇怪的黑影跑上河對面長滿青苔的河壁，我本能的轉個身子——我們那個鄰人已經狠狠的在我側腦上打了一拳，使我在河畔搖搖欲墜。他的下一拳打在我胸口，我恐懼的抓住他筋肉結實的手臂；以至於我們一起跌下河。

我才從激流中站起來，他就猛撲而上，緊緊的勒住我的脖子，使我面對那個黝黑的洞口無法喘氣。很快的，我就要昏死過去，可是洞裏的奔流以深沉穩重的諧音在黑暗中雷動，使我極度害怕而本能的反手痛擊他下部。當他鬆了手，我立刻亡命的攀上河岸而且大喊救命，可是他在下面拖住我的脚，又一拳拳的重擊我的腰部。我又跌下河去，不過我的手上多出一把雨傘。慌亂中，我不加思考，兇狠的拿傘尖刺他的腦門。大叫一聲，他倒下河水立刻失蹤了。

我發愣了片刻，顫慄的爬上馬路。我沒跑幾步路就駭然停住，因爲水泥橋上走來那個癡童。走到我面前，他斜著爛紅的腫臉，睨著眼瞧我咯咯笑。我摸了摸口袋，一毛錢也沒有。我試著越他而過，他總是擋住我。氣壞了，我一把將他推開，亡命的繼續跑回家。我是那樣的憂慮，所以不顧我的極度恐懼——我換了一身乾淨的衣服，帶著手電筒再度出門，沿著鐵道走隧道那頭的河岸。我一直走到流入海灣的河口，都沒看到他的屍體。我想，或許他眞是擱在洞裏；孩子的時候，山佳和三毛曾經進去找一個躲避球，他們說裏面有一道鐵欄杆。有一陣子我想去報警，可是我害怕他們會一併想起計程車的事，而且除了那個癡童誰也沒看見。只要足夠的時間，他會在裏面腐化而和爛泥混在一起；想到這兒，除了恐懼我就不再那麼憂慮。當然，我沒得好睡；天快亮了我才睡，只睡了一、兩個鐘頭，因爲天亮的時候我又憂慮起來。

在人們還沒在路上出現之前，我又匆匆忙忙的把河岸逛一遍；仍然是一無所見。可是，當我回家經過那個洞口，卻驚駭的看到許多人圍在那裏。我趕忙擠進人圍，探頭下望：那個癡童正好用我的雨傘，鈎著那個死人的衣領將他拖出來。

這就是全部的故事，有點像偵探故事，更像是個鬼怪故事？這些日子裏，我時常在想，爲什麼這件事會發生在我身上，而不是悔悟與否的問題。想想看我們那個鄰人；是的，他是個勤奮的人，可是當他到山上砍樹做籬笆墾地種蔬菜的時候，從來不想那是公家的產物，當他拓建房舍的時候，也不在乎是否弄窄了人們的通路；而當人家提出抗議時，他就以他的邪術嚇唬人。整個事件對我來說，像個寓言：罪惡是具體的。我絕對不後悔我做了什麼，雖然整個過程中我幾乎是被動的。是的，有時候心情悲哀，我會後悔的想：在這個怪異的宇宙中，人們是生活在不同的空間，因此人們無法也不必相救，就像你無法救活一個死人那樣殘酷的眞實。那時候我就希望我一直不是這樣生活過來的人，而只是平平淡淡的一個經營自己生活的人，這樣我就不會總是做怪異的事，碰上怪異的事。可是，誰能否認人們不是生活在同一個空間？誰敢說聚合全部的人力，仍然無法毀滅因爲人們互不關心而存在的邪惡？我不知道，我也不知道再寫些什麼了。

——原載一九七九年六月二十二日《聯合報》副刊

搆不著的圓

悄悄地，風溜進竹林。那樣地隱密、黝黑裏，我還是敏銳地覺察葉叢的輕移。我是一直注視著小窗口，縱容所有感官完全地在空間開展，不停地自言自語，或者沉默來內省地想一些奇怪的事。不能不這樣，恐懼，深夜一般稠密，正可怕地吞噬我。沒想到我竟然能夠說出這樣奧妙的言詞，感覺那樣不平常，好像突然間變得較聰明，敏捷地能夠下判定。

幾枝枯乾的菝葀橫伸著，竹籬上高爬針刺的、黑色的仙人掌。後面是遠近兩堆，底部缺著窟窿，稻草團的懵懂。草團頂上圈著破輪胎——後面那個，安裝的時候梯子斜落，摔破一大片前脛骨上的肌肉，所以不曾擺正。

誰在嘆氣？喔！我自己，把脚跟頂著嗝嗞響的床板用力，身子在後面靠著疊成團的棉被斜得更高起。竹林下還有一道籬笆，矮小地密編，防止雞鴨野禽進田裏。編結的草繩經不住風雨，每年我總得費幾天的功夫，站在籬外的臭泥溝裏重新編結。修竹籬有何用？現在，那些漸逼近的工廠成年地冒出化學塵的煙霧。我們的田地，最肥沃的，幾乎全部是這樣賣給別人建造紡織原料的工廠，已經完成，明天開工，它的煙囱粗大地高聳，擋著星星也遮掩月亮，不很遠也不很近，沒想到明天早上，這敵對的距離會縮短到我在它裏面。我不知道是否可能逃離——聽說沒有人有過那樣的運氣，我也不曾有過什麼幸運的。

夜深，冷，翻過身，把頭鑽進被子，手和脚雜亂地把它在背上攤開，捲著，裹成一團；我明白無法入睡，不過，一邊做著努力，企圖有奇蹟的片刻，一下子竄進睡眠。老邁的時鐘跛著走，足音卻尖銳地支撑意識的醒覺，我只好遊戲地想一點托蹼學——也許，一筆劃的問題裏解說著命運，它的意思是指明「必須通過」每一個遇到的糾結。提到糾結，使我想起沿著中心線剪開一個二次平面的紙環；且繼續地剪開變化出來的紙環，結果會是許多糾結著的紙環，一次平面的和二次平面的，或者難以解釋的。也許電腦可以計算出最後的結果，甚至精細地描述每一個過程。然而，爲什麼會那樣，仍舊是個難解的糾結，好像那結果是個很複雜的糾結。只是一個反常態的扭轉竟然會變成那樣怪異？我和自然之間一定也有扭轉存在。如果沒有，像平常的、簡單的紙環，無論剪幾次都是原樣，那是同步的寓意。我一向所因循的假設裏必定有錯誤，自然和我並不和諧；較明確地說成：自然並不關心我是怎麼樣，曾經怎麼樣，將要怎麼樣，說得更扼要——依照什麼格式地生活。我應該簡單得像隻變形蟲，以易於通過人生路途上的每一個阻礙點，雖然這樣我並不曾形式地通過，沒有糾結的本質卻是同義。爲什麼一定要奇怪地在古典音樂的悲傷裏乞求快樂？假裝不喜歡女子的乳房和陰道裏的喜悅？即使剛吃過生力麵或臭豆腐的嘴唇也能嚐得極大的歡欣。生活以這個爲中心的倫範，正是自然明寫在這個時空的經典，誡條那樣地力勁。我，可憐的傢伙，竟然還傻氣地認爲讀應用數學不好，害怕以後的電腦或者統計的工作，落伍地依戀著土地。其實，和平已經消失了，至少正在退隱——本來，這裏只有遠處一條馬路，運河沙的大卡車看起來一個小點，街區更遠，隔著大片田地，在河岸的樹林後面又隔著另一片田。土地重劃後，河塡了，樹林剷除，街市裸露她的妖騷，喧鬧地侵佔，可惡地伸展灰揚的公路，霸道地截斷荷塘和另一頭的城市勾搭，然後向裏緊縮扼殺的環結。農人紛紛地把祖傳的土地讓給不相干的貪婪的陌生人，同時，分期地在簽約上出賣他們的子女。我大哥，不願意到工廠，買了一部摩托車，樂於成天近由那條筆直的公路進城去花天酒地，享受嫩皮膚的女人。父親不介意他新的生活方式，他揮霍的只是一部分利息，那些利息也足夠父親整夜躲在彈子房的樓上豪賭。母親不管事了，成年水泡裂的粗脚舒適地伸展在長沙發上看布袋戲、聽歌，欣賞明星們可笑的愚蠢或肉麻的做作——嗯！我不能只是偏見地挑剔，無論如何，她是被娛樂了，較愉快地從土地的奴役裏解放。兩個妹妹不也是頂幸福地、高高興興地在大學裏？我必須再想想，但是，大學並沒什麼，我很清楚，只有少數人和那意義重疊，其他算是濫竽充數。本來應該很高興圖書館除了考期外總是空席，我卻覺得孤單而且不甘心；他們說我書呆，這裏面有諷刺和鄙視的惡意。我得懷疑農業社會的勤儉習慣和善良德行，是否也來點都市的狡滑和刻薄——現實的利銳，正是易於通過的意義，生活原來不必弄得那樣複雜。

這新的領悟和選擇使我有點困惑。興奮的緣故，我也無法企求睡眠。腎上腺的分泌遏止了倦怠的貪婪，像個夜的魑魅，我溜下床，鬧鐘的定時對我不再具意義，我將清醒地等著天亮，無論如何我得拚命地爬出煙囪。我的房間在正堂左角後面，偏對著大門，視覺和聽覺在夜裏一片死寂，只有節奏的老鐘擺和神座上的香環絲裊裊地在油燈的昏暈裏煙浮。虔誠地跪下來禮拜和藹微笑的菩薩，得祂的允許，母親讓我在孩時乞求祂爲守護的母神；我也在祖宗的靈牌前面恭敬地上香，我相信那些可敬的靈魂，眷戀他們辛苦耕耘過的祖傳土地，這時候一定親切地漫遊著。

鵝卵石密鋪的天井，晴空下，映著月光的銀白；兩旁破落的廂房，牆角底卻環擁一層陰暗。庭院那頭的牆外，芭蕉樹巨大的葉片密掩著頹圮的門檻，夏天，四周的林蔭格外蓊鬱，夜氣濃得更加怪異。我不敢走出那門牆，畏縮地坐在門檻，腳踏磨石板的長門階，想一點孩時的事。那些夏夜裏講故事的老輩都走了，不曾也不再有人傳述那些故事，我願意有時候來講那些親切的故事——哪裏去找那些聽故事的孩子？他們必須機械地早出晚歸去學校，學著適應一個新的競爭的世界。我也許不必杞人憂天，爲他們多餘地悲憫，他們有他們新的愉快的生活方式，只是他們的痛苦和悲哀也是一種新的、無法被分擔和安慰的典型。鄉土中他們原會，以血或淚，緊密地連結；離開土地，他們變成散異地甚至於尖銳相對的個體。

土地上原有一些古老的、智慧的可依托的法則和訓誡，我們的祖先遵循且力行地證明祂的珍貴和眞實。父親和大哥過去是這樣地生活。現在，大哥的摩托車把他摔死在醉爛的城市，父親賭掉了利息又虧空了本金，農藥沒毒死，一屁股還沒弄清楚的債務。我沒有也不能有什麼特別的哀怨，那到底不是普遍性的迫害，別人不也是賣了田產而躍身富華之林？我的怨嘆在於我們原來是最安分守己的誠實人家，許多人都是。結果，我們算是突然間被逼迫著去適應別人強加我們的陌生領域。我們是被迫害——被什麼迫害？

我自己不曾眼見那陣榮耀而平和的生活，長輩的人說是淸同治年間，現在故宮博物院還存放著一個硯台。我們的田地從車站兩旁一大段鐵路爲界向南伸到很遠。說他要去浙江的時候，轎子停在南方澳，神奇地把海水激退成狂潮。我所見的只是廣場上兩座字跡模糊的古舊紀念坊——什麼使它們褪色而剝殘？是什麼暗淡華屋巨宅一度的輝煌？我想，我想是一波波洶湧來的人羣！生活，人們原是不得不彼此競爭，土地改革就是這樣一個暗語，接著是工廠公然豪奪的宣言。同樣地，在這語言的後面，人們的競爭由沉默地自我的努力轉移爲向外地他求，我們的時代，一個人沒有擊敗別人的意識就不能生活得較好，甚至無法生存。這樣想是非常殘酷的事，它洩露了人和人之間隱藏的厭惡。不是這樣，我的厭惡因爲我的關心，我不關心就不會感到厭惡，我厭惡的是鬥爭——隨同的冷漠和慌亂。然而鬥爭是被允許的，漸漸地，有一天會明朗地變成公理。聯考的制度就是，說來慚愧，在那場鬥爭中我是戰勝者也是戰敗者。我的慚愧是雙重的，我的個性不愛競比所以是戰敗的，我的戰勝相對地是某個人的被排斥。我的慚愧也引起雙重的難過，片刻，我的難過不再那般雙向地複雜，簡單地反應我適應環境的困難。想到明天，這困難也消逝，僅有的困難是爬出黑暗的煙囪。

後院子，孤獨的雞啼。我抬起頭望夜空，星殘幾點，月牙慘憺。雲層上下，黑暗中隱約一顆急行的星，忽隱忽現地鑽進芭蕉林後面，是了，入侵的美國文化的一部分，我的憂心悲哀而可笑。第二陣雞啼在外面的村莊挑起一連串呼應，妹妹在房裏甦醒，我悄悄地從另一個走道溜到後庭。夜開始逃離，清冷的晨的霧裏，沒有稜角和面目，遠處釁聚的廠房無辜得像新起的惡魔的殿堂。算不完的玻璃窗點燃著燐亮的夜班的燈光，機器的滾動在清冷的寧靜中，好像千百萬牢囚的哀嚎和悲嘆。沒有人事和背景，將輟學，我可愛的生氣勃勃的妹妹是否也將套上統一的灰沉的衣裳?那會是我們一致的惡夢——惡，我意識的更——彷彿每個人都穿著同意義的制服，更像是一部機械或者機械的部分，總之，人是依照自己的型態和功能建造機器，機器相對地做著記錄，顯示冷漠無情和盲目運動的性質。霧，大地最後的呼吸，瞬間死去。太陽緩緩地爬出屋頂，蒼白地溺沉在灰濛濛的煙幕。

一輛抛錨的卡車瘋狂地催動引擎。草團裏，驚醒的老土狗繞我脚下亂鑽，幾次地努力纔能壯起膽子走近籬旁挑戰地狂嚎。一會兒，另一陣沖床工廠的機械，沉悶而力重，節奏地在空氣裏震擊。剎那間，我感覺自己微弱的呼吸，疲倦在額頭和頸項發酸。幾隻黑褐色的鶺鴒飛上電線桿，驚亂地撲打翅膀，急促地叫，不是下雨的天氣，迷信的隱憂迷茫我的眼簾，煙囱像巨大的陽具，躍躍欲試地準備加入對自然的姦淫。車子走了，狗靜下來，傻氣而憂愁地注視我，坐著討好地伸弄舌頭，目屎的眼睛悽惻地令我想起醫院裏的父親——如果，死了，是否民法裏規定著債務的結束?我不該這樣想，喔!可惡!我怎能這樣想呢?他將會繼續活下去，我只能寄望爬出煙囱。隨著漸升的太陽，我的情緒混亂而緊張，胸口窒悶，頭昏沉，立刻就死去吧!或者趕一班遠走的列車逃逸?我得休息一會兒，幾乎要坐在稻草團睡著，狗一直舔我臉頰，以後彷彿聽到妹妹找我的聲音。

一陣晨風瑟瑟地抖落樹葉上的露珠，陽光刺目，我必須醒來;求生的慾望卻以疲倦做藉口懶賴著，反抗地掙扎。最後，我的責任感撐直了軀幹，生氣地令我站起來。迷信的緣故，我想先回屋裏把床鋪整理，相同的原因，跟著想：讓它零亂著，不正象徵著我立刻要回來？我得好好地睡一覺，好像我從來不曾好好地睡過覺。幾個小孩赤著脚，在水塘裏抓鯽魚。水枯落，腐爛的蓮蓬東倒西折地遮掩臭味的黑泥，圈圓的小水窪稀疏地散佈其餘的空地，魚擱淺在那裏，在墨藍色的汚水中殘喘，冒起髒色的水泥。平嬸的孩子突然當面扔基連伯的女兒一把爛泥，小菁個子大，抓著平兒的頭髮，一頭把他擠壓在塘地，我大聲地喊她，基連伯在曬場上罵我，他說他看到平仔扔菁兒泥巴。我垂頭喪氣地悶著過曬場，只有一個角落曝著穀子，大房的嬸婆關心地問起我父親，我說不清楚，她又問我們家的孩子是否繼續上學，我說我也不清楚，她暗示地安慰可能的濟助。因爲她有一個小兒子是離家做礦工，我的眼眶泡滿金色的晶亮的淚水。

樹蔭底的陽光在風裏游移，陣陣的強風力勁地騷動樹林，卻無聲無息地在天空裏消散，無邊的冷漠令我恐懼。望著澈藍，想起孩時所見天邊的馬路；小點的車影的移動每每於消失的片刻引起傷感的旅愁。風令我難過了，陽光昏眩地在額頭蒸起水氣，我必須不時地抹下臉上的汗珠，手心也是溼淋淋。一隻啞聲的公雞在後面亂啼，我纔想到我已經遠離村舍，哀愁地轉回頭找那聲音，在樹園後面的老蓮霧樹下，同時，看到紀念坊的頂部和古色的祠堂，不知道爲什麼，總之，一定也曾想過，這時候我無法感覺一直假設的秩序，相反地只有野地的陰沉和墳場的荒冷。這新起的感覺十二萬分地可怕，迷失和走投無路的寂寞和孤苦立時在四周浮起。我感到窒息，四肢麻痺，肩頭垂落，肛門緊縮，心思空洞地只有死亡的氣息強烈地籠罩當頭的天空，和陽光一樣拋擲著迷目的刺芒。我繼續走著思考，緊張和呆鈍使我什麼也想不著，工廠的機器又暗示我霉運的鼓聲，步步地在腳下擂緊，廠房圍在兩旁使我好像漸漸深陷一陣惡夢，煙味又令我畏縮而軟弱，一切變得極端荒謬，我撒開腿子逃跑。我們的買主喊住我和我揮手，許多人在那裏等我，像是歡迎一個凱旋的越野賽的英雄，他們親切的笑容錯覺我那筆錢的印象，變成一陣愉快地跌不停的金幣的跳躍。我不由得地想起母親睡在電視機前欣賞節目的姿態，也想起兩個妹妹胸前抱著洋皮書走過校園的模樣。我於是呆板地走進陌生人貪婪的喜悅，冷楞地讓他們握我的手，倒是有一個老傢伙肉麻地擁抱我，很令我作嘔。我厭惡地擋開他，直爽地提起錢，老板說事情過後，立刻有專人一毛不缺地送到我家。當他說事情過去的時候，我覺得很有趣，他意思是肯定我會燒死在煙囪裏，爲他們工廠的開工祭典討得吉利。我冷笑地鄙視他臉上的肥肉，憤怒餧飽每一個細胞，矯健的肌肉運動地顫抖。老板接著說裏面爲我準備著一餐佳饌，我說不必。擁抱過我的老頭兒憐憫地遞給我香煙，問我幾歲。枯瘦的脖子伸出西裝的領子像草繩綁著乾柴，他的樣子可笑也可憐，我因此告訴他我二十三歲，不會抽煙。他連連搖頭嘆氣，可憐我的青春。他說他始終反對我賣命，他是老闆的父親，本來想資助我們，因爲他們買了我們的土地，可是他的兒子不喜歡這樣想，而且也找不到別人。他又問我爲什麼要這樣選擇？我皺了皺眉，心想不起當時是怎樣想的，我回答他我不想再說話，他果然不再嚕嗦，並且落後去和他們一起。

我走得很快，筆直地接近那根煙囪——我的估計有點差誤，是一座，沒想到這樣高，仰得頸子難過。不過，它寬大的直徑使我略微心安，我一直擔心的只是恐怕手脚放不開。到底生死是極其嚴重的事，尤其臨到這一刻我纔意識到人只能活一次（爲什麼以前都不曾如此強烈地意識？）我也纔意識到無知地以爲自己是活著一天接一天直到永遠的念頭是愚蠢的，死亡的陰影不是無聲無息地突然降落我身上？昨天我還想著明天去河源的湖上釣草魚，也許我大哥當時正想著第二天還去玩那個女人？我徬徨地繞著煙囪的底座，難過我過去對生活和生命的錯誤看法，也懊惱思想習慣的全盤混雜。莫名其妙地，我突然求援地面對那些陌生人，老闆的表情不安地惶惑，恐怕我改變決定而延誤他看好的吉辰？老頭子注視著我，幾次跳動乾癟的眼皮，另外幾個年輕人無表情地冷漠。我有點驕傲了，好像運動本能告訴我這場競賽必操勝算。突然，我狂妄地衝進未封的洞口，偷機地開始爬躍裏面的垂梯。

黑暗包圍著我，遙遠的天空在頂上一個明朗的圓，我欣喜地感覺且計算漸漸微增的光線。後面突然一陣轟隆作響的鼓動，追來一股濃煙和熱氣，我反應地努力增加手勁和脚力，垂直地在小梯子上跑起。煙霧立刻從四周超越，掩埋了光線，困難我的呼吸。驚慌中踏空一隻脚，鼻樑和下巴重重地在梯桿上撞擊，劇痛鬆落一隻手，我吊在那裏，顫慄地，腥味充滿我的口腔和半個臉，溼濘地沿著頸項流進胸前。我立刻又拚命地向上爬，眼淚和煙的刺痛使我頻頻眨眼。煙越滾越濃，熱氣越沸越高溫，汗和血滑溜我的手，鞋子不知道什麼時候掉落一隻，我沒時間退落另一隻，我希望它也丟了，有一個剎那我好笑自己古怪而可憐的動作。膝蓋大約撞裂了，刺痛也同樣殘酷地破裂在指尖和脚底。恐怕我的手指只剩下骨頭了！不然，另一個片刻我怎會不能感覺那痛苦？我開始哭了！呼吸越來越困難，熱氣在下面變成可怕的火光。劇烈的氣喘使我勉強地醒覺，我是在黑暗的絕望中遵照這計數維持我踉蹌不濟的脚步。我的鼻子是否撞爛了？至少和血吞下三顆裂斷的門牙。我開始呼吸百分比的煙氣，媽咪呀！我必須在最後兩三分鐘爬到圓頂，天空的蔚藍啊！這路怎麼這樣長？啊！感覺光啦！上來！我的脚！過去啊我的手！我的鼻子！他媽的！你怎麼這樣懶！哇！怎麼梯子只架到這裏!?

喂——怎麼可以這樣！這太好笑了！

哈哈哈！這太好笑了！

喂——怎麼可以——

——原載一九七四年二月一日《中外文學》二卷九期

青蛙

停好車子，我們在公路旁走幾步，折進一條小路，過了路口，眼角沒了兩旁沿公路走的建築物，午後的蘭陽平原幾乎無止境地展開在我們面前。潑墨般的大塊烏雲，黑壓壓疊擠，垂低，高聳的九指山和擁集的山巒都被一口狼吞。我在這樣灰暗和陰森的感覺中，非常不安，一心只想趕路；賴卻悠哉地望著下面的小河，觀賞兩隻戲水的白鵝。

遠處的田地正在收割，隔著竹林只能聽到簸穀機的鬧聲，那片竹林斜長地綿延到天邊。路兩旁裸著刈獲過的田地，參差地插著鐮刀割剩的禾頭。稻穀隨後就看到，當我走過一片竹篁，從林間望著房舍前的曬場。走過這個村莊，一條水泥路在面前橫截，路面同樣豐盛地鋪滿金色的穀粒。雨就要來了，有些人家忙著把穀粒起堆，蓋上帆布或塑膠皮，幾個無事忙的童子吵著追捕漫天亂飛的黃蜻蜓。這條水泥路兩端埋進田野，頭尾不見蹤跡；路旁植著菜圃，高麗菜美好地苞捲，蔥長得青翠成片。幾步路，一道竹葉低掩的小橋，溪流潺湲。過橋，左邊拐進一條田埂，這裏的田地尚未收割，茫茫整片淹到腰間。忽然，一陣風湧翻稻浪，從天際滾滾而來；一道閃電沉悶地砍進雲堆，落下滂沱大雨。

我拿公文皮箱遮頭，狼狽地隨著田埂左彎右拐，一路跑向就近的竹林，這就是那片緜延到天邊的竹林，竹林兩邊掩蔽一條深濶的大河，河水靜靜地流，偶而纔有葉叢間滴落的雨點驚起水草裏棲息的鯽魚，噼哩叭啦跳。對面的竹林排得稀疏，可以看到相同蓊鬱的稻田，雨點打在泥土化成野馬塵埃。望著這片野景，賴忽然想淋雨，他纔這麼說就衝動地走出去。中午我去學校看他的時候，他正在教課——他面著黑板寫字，幾年來儘寫那些字，我很替他不值，他瞧我一眼沒當回事，繼續說書；我差不多也不認得他了，事實上我是早上偶然聽到他的消息，而他絕對想不到有我這樣體面的朋友。

「我是桂桓……」

「啊！」他熱烈地握疼了我的手：「對不起，我在上課，請你等一下；你可以在辦公室看看報紙。」

「我，我有點事要去找譚，你去不去？」我說。

「我正想那一天——唉，我眞想聽聽青蛙叫。」

「現在走吧，我有車子。」

「我必須把課上完。」

「喳，國文課有什麼關係。」

「不好意思。」

他那樣認眞我不好堅持，反正只是十來分鐘，我等在走廊抽煙。校園裏除了一角球場的體育課，非常安靜；校外圍繞的四條街道，車聲交錯；這種紛擾和球賽的喧嘩交響成了一片轟轟不絕的噪音。音質因爲車來車去，忽強忽弱，帶著令人不安的顫慄的韻律。雨，越下越急，似乎三兩天也不會止息。我站得正覺不耐煩，頭上羽翼破聲葉片紛落，一對肥美的竹雉停在上下搖曳的枝頭。牠們懷疑地睨著我的臉，鄙夷地拉一泡屎，匆匆忙忙又飛出林外，於是我越加覺得孤寂。

「桂桓！」譚突然冒了出來。

「嗨！」我致意的伸出手。

「嚄嚄！」他豪放地說：「我以爲你死了。」「嗯，我忙得半死。」我接了他遞給我的雨傘，跟在他後面走。如果不是這樣特定的時間相遇，我們可能錯面而過，他十足像個鄉下人了，這不是我記憶裏的印象。我試探地說：「噫，你發財了。」

「發財？」

「我來給你買地，你想賣嗎？」

「呵。」

圍著竹林的村莊，幾個，在田野中散落。我們朝著兩枝瘦長的檳榔樹走，一會兒就從林間看到紅色的磚房和高過屋脊的稻草團。狹長的路上，山茶花的樹籬裁剪整齊植到路口。院角，一條灰色的水牛懶臥在草地。老蓮霧樹，枝葉蓬茸，經年不曬陽光，粗壯的樹幹上嵌著幾片掌大的菰菌。瓜棚，大大小小地垂掛黃綠長圓的瓠子。牆角，貼牆站的，磚頭方圍的水池，地下泉從打通的竹管湧出，攪出一池子柔軟的漣漪。池子裏外的牆面細密地鋪滿墨綠色的苔蘚，水色清澈悅人。池子等腰高，地上鋪齊盈握的鵝卵石，賴裸著排骨站那兒，拿乾瓠剖半的水瓢淋浴，不時用顫慄的聲音讚嘆地輕喊。

大半的窗外，樹籬之間昏色的燈光裏，兩個村婦在鄰居的屋簷下談笑著推轉石磨；另半，玉米田後面的村莊，鬧著，好像農忙後做戲，不過那種蕭殺的嗩吶啼噠聽個片刻，誰都會明白是喪家做法事。因爲這陣吵鬧，譚的說詞我聽得不專心，其實他纔表示出否定的暗語我就開始厭煩，雖然那些笨拙的措詞和呆頓的拐彎抹角可能帶著善意。我根本不會在乎乾淨俐落的拒絕，生意總是這樣進行。我逐漸抬高價格，假設他也是如此計較，最後，我不得不攤牌，以警示的口吻說出這裏的都市計劃。按照那張設計圖，這裏的田園遲早也將化爲烏有。

本來我邀賴來做說客，他卻只顧逗小孩玩。該說的話我已經說完，這場交談該由譚的回答做結束，可是他藉口走了，弄得我很尷尬，所以賴要去田地走，我毫不遲疑地跟去。逃避那陣哭泣的嗩吶，我們過橋又遠走對岸的田地，這裏只能聽到雨點急躁地摩擦玉蜀黍的粗葉片，而四周是令人不安的幽暗。

「你看譚生我氣沒有？」

「我不清楚……也許……你不該隱瞞都市計劃的事。」

「你要知道我有點困難——當富人把錢投資出去的時候，他的處境可能比窮人好不了許多，他甚至於比窮人小氣，當然我不是小氣，我……」

「我明白。」

「嗯，請你和他說明白，而且，我是帶著善意來，你看他過著怎麼樣的生活。」

「我以爲他比你我都好。」

「怎麼好？只有旁觀者纔能瞎說田園生活好，想想那些眞正的農人過著什麼樣卑苦的生活，他們爲什麼辛勤工作，想想我耕什麼樣的田地，我用錢做種子，用錢做肥料，任何時候，無論吃飯大便睡覺玩樂，我的財源總是滾滾而來。」

「好了，我們回頭走，我有點累。」

我因爲賴這樣的藉口也覺得疲倦，我多麼想從前那樣的碰頭聚面，推心置腹地談，手舞脚蹈，一定是我的——我難得有朋友能痛快暢談正經的事，嗯，我不該談得口沒遮攔，這樣很容易讓人誤解。其實，我絲毫沒有自我表現的意思，眞正富有的人是那些認爲他們的錢已經賺足夠了，我覺得還不夠，我只在半路上。

法事不知道什麼時候已經結束，雨顯然也將停止。洗潔的空氣裏，夜色淡掃一片清冷的大地，一隻把時間弄混了的公雞吵醒遠處的鄰居，隔空掀起交互的夜啼。一前一後，我們沉默地朝譚家的路燈走。賴忽然轉過身，把發皺的臉孔望著我。

「你知道我爲什麼想聽青蛙叫？」

「因爲你和譚一樣，最初的細胞都直接來自田地，呵，青蛙也一樣。」

「嗯……還有一個故事。」

「什麼故事？」我好奇地說。

「第一次抓烏龜我就想找一個烏龜洞，那些烏龜有的是路過的流浪漢，有的住在河邊或地上的洞穴，我白天找脚印，晚上看虛實。有一次，我看到一排脚印，曲折來回，起頭消失在一條爛泥水溝，因爲溝裏一羣鴨子找蟲吃，水弄渾了。我沿著水溝找到一塊斜埋溝畔的石板，很奇怪。我把石板抬高，立刻看到大大小小的烏龜往裏面爬上乾地，躲進彎折裏，我只抓到幾隻落後頭的。接連幾天我悄悄地走近那裏，突然掀開石板，直到沒了烏龜的影子。我本來想拿把鋤頭挖開，或許裏面可以找到寶貝——好像一隻金烏龜。」

「那個洞是報廢了，可是有一天路過，我無意間看到一隻大青蛙。抓那青蛙除了用氣槍趴在地上打，沒別的好方法，因爲我想無論我用什麼方法把牠弄迷糊了，我還是必須把手伸進去，當面抓牠。沒想出妙計之前，我很怕把牠嚇跑，幾次忍不住去看牠，只敢遠遠地趴下來，偷偷瞄一眼就趕忙離開。」

「那時候，我們大房只剩下一個啞巴，看著半片房子，窗口還在，門沒了，前面一眼可以望出後面。房間一角放著結繩機，另一角是燻黑的稻草灶。竹床掛著千瘡百孔的蚊帳，小孩子們躲迷藏，爬進爬出，有時候頑皮了，總愛抓隻蛤蟆，在牠嘴裏倒胡椒，扔在床下，任牠哭號整個晚上。」

「我必須喊他叔公，當然他的年紀做不得粗工，所以農忙後的拜拜、清明掃墓祭祖什麼的，他就在路旁賣點香火紙燭；白天抓幾條鱔魚，晚上打燈摸青蛙。青蛙因爲化學原料養田，眞是打燈也難找了，啞巴雖然不會說話，做幾個表情表示晚上遇到妖魔鬼怪並不難。從前我們出過番人搶村子的事，的確殺出幾個傳說的不散寃魂，於是那一陣子，晚上的田地就他一個人找青蛙。」

「當我無意間看到他坐在門檻，在一根長竹竿上綁魚線，我就一半氣憤一半懊惱自己不曾試過這方法。總之，他在地上插了那把釣竿，鈎著一隻活的蚱蜢垂在洞口。我想不了許多，總以爲那隻青蛙，我先發現的，是我的。」

「那是深夜了，月亮前後兩三次出沒，我的叔公在田裏打著乙炔燈，一路找青蛙，時走時停，一會兒就走近了。我躲在並排的樹幹間發願——可是我的青蛙突然掛上釣竿踢腿。我的啞叔公難得地笑起臉，嘓嘓嘓，興高采烈地叫著。他正要下手，我陰陽怪氣地在喉間笑幾聲，他果然不安地四周張望，我又笑了幾聲——其實，我自己也很害怕，顫慄的喉音因而更加難聽。他躊躇地望著青蛙又疑神疑鬼地望向樹後，他的臉孔瘦小且皺，眼睛細狹，本來就醜得嚇人，望了片刻，他忽然把眼縫瞇得更細，驚恐地張開嘴，向前伸出細長的頸子，瞪著我的眼睛。我嚇得縮成一團，但是立刻不由自主地站起來朝他做鬼臉，我不清楚他是否當場就倒地不起，因爲我悽厲地大叫一聲就沒命地回頭跑。」

「天剛亮，那裏就有吵聲，我還聽到人們說那塊石板原來是個墓碑。當然，他是鬼嚇死的，而我，一個不懂事的小孩也給鬼纏上了，我病了整個暑假，不得不離開鄉下。時常懷著做好人的意識，這個悲慘的事件在我懂事以前是威嚇的推動力，以後則是啓蒙——」

「一個寓言。」我說：「啊，你想告訴我什麼？」

「沒有……」他回頭，走起路來：「只是一個悲哀的回憶。」

「呃，賴！」我合起傘跑上前去，安慰地和他並肩走一起：「我知道你要說的是什麼……我也有一個故事和你說，你要聽嗎？」

「嗯。」

「早上看到我，你有點驚奇，甚至於有點不安，我不淸楚你爲什麼覺得不安，暫時我不談它。我曾經是個好人，眞正的好人通常是：不以自己的功利爲目的，隨時隨地幫助任何正需要幫助的人。最圓滿的幫助不過是毫不吝惜地給予金錢，唉，人類所有的痛苦都在這裏面。」

「我是那樣做的，所以時常弄得你印象中的捉襟見肘，直到有一個晚上，我騎著摩托車從士林回台北。你知道那條沿淡水線鐵道走的公路，你記不記得路旁間隔地種著尤加里樹？嗯，我的車燈照著一個被車撞傷的婦人，她的裝束一眼就看出是做水泥工的。我停好摩托車，攔了一部計程車把她送往醫院，等等，我得先和你說，我的摩托車被偷了。」

「到了醫院，我纔抱她跨出車門就圍上許多愛看熱鬧的路人，那個奄奄一息的婦人忽然掙扎地抬起手，指著我說：這個人把我撞死了。」

「喔，我大吃一驚，鬆了手，她摔在地上看起來是死了，我驚慌得拔腿就跑，我沒能跑幾步就給追上，幾個激動的人還不分皀白地揍我。」

「我些微沒怨恨那個婦人，對於那些路見不平的路人我也沒有太大的怨恨，不過——這個事件使我很疲倦。」

「那個女人也許傷重，一時迷糊了。」

「沒有，我在樹下看到她的時候，她還呻吟著謝謝，說什麼藍色的車撞的，到了醫院，當然她自己能預感——她是個寡婦，養著幾個小孩。」

「我明白了。」

「我並不爲這個事件本身感到失望，當我空著口袋……嗯，那是個黃昏，在台北車站前等車。路旁、天橋、地下道，到處是忙碌的行人；火車、巴士、機車、轎車，嘈嘈呼呼地弄得一天空茫茫的藍色煙霧；那些冷漠的聳天街樓，這一切使我覺得——其實，當你們那些小孩敢把蛤蟆扔在那個呃，你那個可憐的啞叔公床下，田園生活的結構早已經解體，所謂的親情、友愛、誠實、公正……一切。」

「那個黃昏，我擠在巴士裏，從窗口望著街上人車交雜的影像，使他們心腸變黑的空氣——天知道財富從哪裏來的，而人們從四面八方追著，你爭我搶是眞的，甚至於土地也瘋狂起來，不像她一向的寧靜，狂歡地張開懷抱向它吶喊：來吧！來吧！」

通常買賣雙方只在價格上有麻煩，所以我沒想到買譚的田地必須弄出這麼費神的論題。我一定要對這片田地開刀，不是從譚的開始就是別的開始，何況我不來的話，別人也會來。我很難說這是社會變遷的強大意志領先，或者單一的個人衝動的向量組合，總之，我們的名目在前者的系統裏是無能自主的奴才，在後者之內則是被迫的鬥獸者。至於最根本的問題，我很淸楚：問題不是一塊五個人吃的餠十個人要吃，而是這十個人之內有一個或兩、三個想把這塊餠獨佔。無論我如何把現定的時空解剖，露出這樣殘酷的肌理，譚都冷漠得好像是局外者，他甚至於平靜地告訴我：每個人都有一片豐盛的土地，任何破壞力無法觸及，在心裏。說到這兒，他誠懇地婉拒了我的善意，道個歉，轉個身，沒幾下呼吸就酣然大睡。

賴早就這樣背著我睡在月光裏：月光低移躲進樹叢，化成銀圈金點，我又失眠了。大廳裏的鐘擺沒因不時的雞鳴狗吠停下行進的鏗鏘，報時的鐘鎚每一下都敲在我心坎。月亮幾次出沒終於陷進連夜的雲朶，空氣有點冷，我在被子裏滑進兩肩，把臉也埋了，忽然我聽得幾聲微弱的蛙鳴，在遠處，遙遠得好像來自賴說的故事。

——原載一九七七年三月十四日《中國時報》人間副刊

酒吧

幾點疏離的色燈泛著微光。
錄音機響著哀怨的女聲唱曲。
門開了，走進一個理平頭的矮脚胖子。
「喂！」
「呵，阿台。」他拉了拉褲子，爬上高脚的圓座凳跨坐。他們彼此打量。他穿著黑色套頭毛衣和舊的黃絨布夾克，一隻皮鞋脫了底好像張開的鴨嘴。阿台穿白襯衫、赭色開襟毛衣和褪色的牛仔褲。
「嘻，你又胖了一點。」阿台說。
「呵呵呵，我，我褲底快綳裂了。」
「什麼時候進來的？」

「剛剛。」

「我說船。」

「是啊。」他把雙肘平穩地放在吧台上，腦袋卻在背後的舞池東張西望。

「安和日本人窩在可裸好室，不會來。」

「可裸好室?什麼可，可，可裸好室?」

「是一家女子公寓，這陣子大家都租女子公寓住，在汐泊影特。」

「你怎麼知道?」

「我怎麼不知道。」阿台說：「雪琳說的。」

「雪琳來了?」

「你看鏡子，不要回頭。」阿台比著手指說：「那裏。」

「那個烏龜是那條船的?」

「日本人。」

「我╳他媽的，怎麼今天晚上都是日本人?」

「你看。」阿台從襯衫口袋掏出一張摺好的紙。

「這什麼玩意兒?」胖子接了，把它在桌面平張。

「市政府的通告。」

「喔，呵呵，那你他媽的翻譯給我聽啊。」

「呃，本日起呃，晚上，中國船員不准在街上露臉。」

「我╳，有這樣的鮮事。」

「這個通告日落開始生效。」

「日落？」

「嗯，這個日落的說法，博士很火。」

「哪個博士？」胖子笑著說。

「將軍。」

「咦，將軍也進來了，我的情書他給我寫好了沒有？」

「在這裏。」阿台從牛仔褲抽出兩張信。「我看取消吧，她們現在屌得很。」

「╳！什麼好屌！」

「屌啊，怎麼不屌？喔，你以爲你有什麼鳥中國功夫，又可以左日擁一個右日抱一個，做夢，我打賭這次進港你也只有打手槍的份。」

「呵呵，呵呵呵，我╳你的，阿台，不要這個樣子。」

「這個酒怎麼樣？」

「不錯。」胖子拿起酒杯照燈瞧。「這是什麼酒？」

「小瓶的香檳，將軍在埃科里哥斜對面那家義大利酒店買的，你摸摸我兩邊的口袋。」

「哇，這麼多，幾瓶放我這裏。」

「爲什麼要放你那裏？」

「像手榴彈，呵呵，給我兩瓶就好了。」

停下音樂帶，樂隊的吉他和鼓鈸吵起來。

人們去舞池跳舞。

黑人歌手把大家弄瘋了。

「說眞的，阿台，等一下如果雪琳落單，你過去和她說，我，我，我蜜斯特洪，呵呵，在這裏。」

「啊？」阿台把耳朶挪到他面前。

「我說——咦，你們老大來了。」

七、八個衣衫邋遢的船員簇擁著一個紅臉凸腹的胖子，他穿一身褐色的西裝，花領帶上夾著一粒鮮豔的珊瑚珠子。「小胖。」他輕輕地拍一下洪的肩膀。「你們滿載進港呵。」

「大胖，呵呵，你們也滿載呵。」

「我們滿載什麼用？一百多噸，你們一百八十噸。」

「啊，都一樣，魚價便宜差不了多少。」

「是啊，魚價便宜，幹他媽的日本商人——」阿台的船長繼續東張西望。「有沒有看到安尼琪？」

「沒有。」阿台懶懶地說。

「海田三號那個將軍在不在這裏？」

「不在。」

「在哪裏？」

「阿帕其。」

「阿帕其？」

「金龍餐廳前面那條街，左手拐下去。」胖子說：「就是電動樓梯上去那家牛排店，是的是的，也賣烤雞。」

「你找他幹什麼？呵呵，要請客嗎？」

「沒問題，他們抓到魚通知我們去的那個地方，我一口氣十二天抓了將近三十五噸魚，都是長鰭——要不要來喝一杯？」

「謝謝，我這裏坐一下。」目送阿台的船長走開，胖子說：「怎麼？你和你們老大又搞砸了。」

「他媽的，他很賤！」斜了船長背影一眼，阿台擠縐了嘴邊的臉。

「呵呵，怎麼賤——呃，我要來罐啤酒……嗨，啤乳，咦，這小馬不是福盛那管什麼，什麼，愛，愛，愛美麗？我╳，不認得我了，這怎麼搞的，剛剛我在門口遇到小林那管瑪利亞也是這個死樣子，他媽的，唉，呵呵，那張市政府的通，通告，有沒有說不能和中國人講話？」

「不是那張通告，是因爲漁季，每一年這個時候——你他媽的去年，喔，去年你這時候還在台灣，咦，我實在懶得說。」

「呵，阿台，說啊。」

「終歸一句，沒錢誰和誰說話？什麼話好說？」

「是的是的，說的是，可是他媽的，爲什麼這個時候日本船毛起來多？」

「漁季啊。」

「喔，他們只抓這幾個月就吃飯了？」

「當然就吃飯啦，吃香的喝辣的咧，誰像我們一次兩三年泡在國外。」

「我懂了，呵呵，我懂了——咦，雪琳要去上厠所，趕快過去和她說，我，我，我在這裏。」

「她剛剛已經看到你了。」

「什麼時候？」

「樂隊唱那個什麼，不吉利的月亮上升了的時候。」

「呵呵，你是個詩人。」

「嘻，放你媽個大屁。」

「咦，說眞的，趕快去。」他推著阿台的肩膀。阿台斜著身體緊挨吧台，嘻嘻嘻地只管笑。他只好放了手說：「唉，幫個忙啦，你是這裏的艦隊司令。」

「等將軍來吧，他纔是個司令，嘻嘻嘻。」

「呵，是的，他是總司令，咦，他每天晚上在阿帕其坐到十二點幹什麼？」

阿台認眞比兩下拉琴的樣子說：「小提琴。」

「呵，咿咿呀唔唔——我說他實在很怪。」

「嘻，你剛剛有沒有去廸士可？」

「沒有。」胖子說：「我在外面聽小吳他們聊電話，說現在除了這家可狄睏馬，別家都不讓中國人去。」

「是啊，可是他媽的不知道那個屄樣兒很賤。」

「怎麼賤？」

「昨天晚上十二點多，我和將軍去廸士可樓下喝咖啡，上樓那梯上貼了一張白紙，上面幾個大字寫：中國人不准進入。」

「這太過分了，這╳。」胖子說：「這不就相仿曾經傳說的，什麼地方公園門口的告示：狗和中國人不准進入——廸士可那幾個字怎麼寫？」
「就那麼七個字寫。」
「啊!?中國字啊？」
「是啊，不知道哪個屄樣兒漢奸寫的。」
「中國人就是這麼賤！」胖子說：「他們有沒有趕你們走？」
「沒有，他們都認識將軍嚜。」
「將軍怎麼說？」
「將軍一句話也沒說，他把錢放在桌上，一口咖啡也沒喝就走了。」
「我說他實在很怪，好好一個讀書人上船幹什麼？」
「有些事看不慣啊，咦，對了，前次我們在海上會船，你知道他在幹什麼?他們船員剛下完繩在睡覺，他划那條小艇一個人在遠處釣飛魚。」
「釣飛魚幹什麼？」
「玩啊。」
「他們船上那隻塑膠小艇很正。」
「他自己買的——要不要再來一罐？」

了？」

「來。」胖子說：「他媽的，今晚不喝個王八蛋醉不行——你的老二眞的蹺不起來

「眞的。」

「你他媽的最會王二麻子，我聽你們船員說，前次進港，安，安，安尼琪在你房間睡了一夜。」

「沒啦，幹，我把房間讓她睡，我到下面住艙和二副睡，媽的，我們船長很賤，安尼琪罵他是頭老胖豬，他還是要纏人家，一天到晚要將軍和她說，將軍煩死了只好找瑪格莉特和她說，那天晚上她來了，但是我們船長在休泊拉舴打麻將沒回來，她火得要命。」

「呵，你們船長很迷糊。」

「迷糊個屁，他媽的他精得惡劣，這次我們船上的船員國外借支只發二十蘭特，說他媽的通告的原故，他不能發太多錢，說是怕船員在街上惹事，我╳他媽的他把錢拿去賭牌九。」

「輸了？」

「贏，牌九本錢大的哪會輸，我剛剛看他在金龍擺桌，故意趕計程車回去叫我們船員來吃，不吃白不吃。」

「呵，是的，不過我們還是回頭來談你的老二。」

「老二什麼好談？」

「咦，這學問大了，問題就在這裏，你知道你什麼毛病？你就是面對白人的時候有自卑感，你這一自卑老二就不行了，呵呵，我說眞的，這方面我也是個博士，不信的話你下次找個來猛幹幾次看看。」

「算了，誰給誰自卑——咦，將軍來了。」

「呵呵，將軍，我們又他媽的見面了。」胖子說：「你帶這根打狗棒幹什麼？」

「剛在街上跟黑人小孩買的。」

「喔，藝術品呵，這他媽的哪算藝術品，隨便刻個凹凹凸凸而已。」

「唉，小孩可憐嚒。」

「呵，阿台，我們將軍眞毛起來性格，難怪賣花賣報紙的小孩，看到他都跟著跑。」

「嘻。」阿台上下把將軍看了一遍，除了白襯衫他全身穿黑的，打的也是黑領帶。

「你把那頭頭髮剪了？」

「這也不短啊。」胖子說。

「我明早就搭飛機回家了。」將軍低下頭，瞥一眼自己大襟上釘的旗章，然後望著吧台裏走來的小姐說：「愛美麗，請妳給我一包煙。」

「咦，將軍行，你看，愛美麗和他斯遇兒——我說阿台，我晚上跟將軍跑絕對不必打手槍，咦，將軍，雪琳一個人坐在那裏，你要不要過去幫我說我，我，我在這裏。」

「我很累。」將軍說：「對不起，等一會兒吧。」

「將軍。」一個船員走過來，把纏紗布的手擁他肩膀，附貼他耳朵說：「我們船長在那裏，要請你喝一杯。」

「我很累，我要坐這裏，你的手怎麼了？」

「沒有，這是包鐵塊——今天晚上幹他媽的，我會揍日本人，你看安尼琪在那裏，你去和她再說一次好不好？我們船長在休泊拉舴有房間，如果她肯去一個晚上，他願意幫她付一個月房租，另外送她一件大衣，怎麼樣？過去坐一下吧，我們正要去買烤雞。」

將軍搖搖頭，那個船員點根煙就走了。

「你他媽的看起來好像醉了。」胖子說：「阿台，你看將軍是不是醉了？」

「嘻，將軍不會醉。」

麥克風響起兩聲試音，一個日本人唱起英文歌，大部分的女孩跟著唱。

「這條歌不錯。」胖子說：「和梅蘭梅蘭我愛妳有拚。」

「拚個屁。」阿台說：「這是人家移民夏威夷的日本人，想念櫻花做的曲子——」

「將軍，雪，雪，雪琳過來了——雪琳！」

裝著沒看見，叫雪琳的女孩牽著醉步走的日本人往門口離去。

「我╳！」胖子握著小香檳，彈點著腦袋說：「我要把她的牙齒全部打掉。」

「那好。」阿台說：「那樣下次進港如果沒有日本船，你就舒服了。」

「呵呵，是的。」

「有沒有看到將軍？」一個服飾精整的年輕人走過來，貼著阿台的耳朵問。

「將軍就在旁邊。」

「咦，小藍。」將軍站起身，讓開座位。

「你坐你坐，我就走，我一聽到鼓聲就頭昏——這是你的家信，我聽說他們昨天進來了，還好，我昨天本來想照你的意思幫你寄回台北，我們老大要我陪他去蒙奇猴室看我們那個船員。」

「我以為你已經寄走了。」將軍接了信說：「謝謝，要不是公司的電報，我們已經繞過好望角，南非這個鬼地方我已經來厭了——你要不要來點香檳，我明早十點多的班機回去。」

「那要喝……祝你一路順風……唉，這一說我也想回家了，對了，胖子，你們兩個船員給波力士逮去了。」

「哪兩個？」

「我忘了名字，一個好像是倉庫長，我看他們抬著麗莎——」

「酒鬼麗莎？」

「嗯，我看她醉了還是麻粒安那抽多了，他們把她兩頭抬，抬著跑，沒多久，我看他們又跑回家，警察在後面追，警察往天空放了一槍纔把他們嚇住，他們把他們手折在背後弄上一部蒙奇卡——」

「我╳！抬著我跑也比抬著麗莎跑好。」胖子說：「媽的，那母狗又臭又髒，什麼好搞——等等，你剛剛說你昨天和你們老大去蒙奇猴室看你們那個殺人的船員，怎麼樣？有什麼新的扭斯沒有？」

「星期五纔開庭，我想一定判得很重，他奶奶，日本人在這裏算白人，我們黑人，黑人殺白人還有什麼戲唱。」

「╳他媽的！殺死一個日本人算什麼。」胖子咬牙切齒說：「他們殺死過多少中國人，媽個雞巴毛，火了我今晚去碼頭燒日本船，通通給他媽巴子燒了。」

「不要這樣說。」小藍認眞地說：「這樣子我們以後就不能來南非抓魚了。」

「呵呵，小藍眞有意思——咦，小藍，我聽說你那裏有什麼，什麼味全醬瓜和豆腐乳，怎樣，我明天去弄個，弄個各三瓶。」

「好啊，很下飯。」

「你這小豬！」阿台說：「每次進港到處揩油。」

「呵，不要這樣不要這樣……呃，呃將軍，你這麼多家信……名古屋、蒙特利爾、南安甫頓，喔，南安甫頓在英國啊，我他媽的，你家就你一個是中國人，呵，眞偉大，你什麼時候要過去也把我帶去呵。」

「將軍，」小藍說：「我回去了，我們台灣見，我地址給你了呵？」

「給了，再坐一會兒嘛。」

「有一張市政府的通告你知道了呵？我還是快走——你上次和我們說的那個地方我們去了，抓了將近四十噸，他奶奶，我們船長很惡劣，我們在東經十度那一次是抓到魚，我不敢告訴你們，我們船長——你們知道，唉，我實在很想偷偷地告訴你們，實在對不起。」

「呵呵。」胖子拍拍他屁股：「小藍眞有意思，他聽到鼓聲會頭昏。」

「我走了，再見呵，將軍，再見呵。」

胖子說：「小藍眞有意思，呵呵呵。」

「你他媽的！」阿台說：「你不要笑得那麼恐——」

一陣女孩的尖叫——他們都往騷動的舞池觀望。手上綁鐵塊的船員追著她跑，他扔了一個酒瓶，沒碰到，碎在牆壁上。幾個日本人把他攔住、揍他、踢他。更多的日本人圍上去整他，他倒在地上。

樂隊彈奏更熱烈的拍子。

黑人歌手拍著手。

女孩子們做作地尖叫又尖叫。

日本人繼續踢他。

帶手槍的大鼻子老板和打手們跑過去把他們扯開。

兩個中國船員把他抬走，阿台的船長和船員們趕著步子隨後溜走。

大鼻子氣呼呼地走進吧台，兩個洋紳士和一個黑人跟他坐一起。他們開了一瓶白蘭地喝起來。

「他媽的！」胖子說：「我今晚要去燒日本船。」

「我們船員是賤！」阿台說：「媽的，我們中國人眞莫名其妙，遇在一起就這是我兄弟啦，親戚鄰居啦，朋友啦，亂扯一起，騙吃騙喝，大吃大喝，算帳了沒錢，你應該出，他應該出，弄不好兄弟朋友親戚自家幹起來看，要不然就是兩個禮拜的錢一個晚上打死，然後呃，對不起我進去找個朋友，票不買就衝進去，人家不高興了就摔杯子翻桌椅，誰願意你進來，喔，你又不是進來喝威士忌白蘭地花鈔票的大爺，而且窮追女孩，眞丟人！」

「喂！」大鼻子喊著：「巧泥士！你們必須離開這裏！」

「彼得。」穿西裝的黑人說：「那是我們的朋友，秦。」

「喔，哈囉，秦。」大鼻子走過來，往將軍面前伸出手，一邊和他的朋友介紹說：「他是我的好朋友，很好的年輕人，他是一本字典。」

「我們知道他。」他們說。

「他非常特別。」大鼻子說：「他從來不追女孩，他總是安靜地坐這裏——你要一點白蘭地嗎？」

「謝了，我不要。」

大鼻子倒了兩杯——一杯給阿台，一杯給胖子。

將軍不肯說話，他們繼續聊天。

「中國現在很強了。」一個紳士說。

「我不以為。」另一個紳士說：「她只是一個很大的市場——喔，某一個觀點或某一個時間，你將會看到，如果需要的話，中國會是主要的糧食供應地，你知道全世界每三個人就有一個是中國人。」

「啊？」黑人張著嘴巴說：「什麼意思？」

「我指吃人。」

「耶穌。」

「他們在談什麼?」

「他說耶穌基督。」阿台說。

「我是說麗都的老板。」

「我……我聽不清楚。」阿台說:「好像說中國人吃飯吃得很多。」

「呵呵,我是吃得很多——我╳,將軍,他們是不是笑我吃多吃胖了?」

「他說——他說你有七十五公斤的肥肉。」

「呵呵,我是七十五公斤,他怎麼知道?」

「他們一天到晚吃肉,看多了。」阿台說:「比如我們看到長鰭就知道牠大約十公斤或二十公斤。」

「你眞聰明。」胖子說:「他們現在又在談什麼?」

「他們說香港很好玩。」

「放屁,我好像聽到他說他去香港什麼旅行,看到許多人住在小船上,什麼人很多——啊,對了,幹你娘,一定是說香港仔,那地方我去過,是很窮,大概是逃港難胞住的。」

「幹!我明明聽到什麼——維里奈斯。」

「好,奈斯就奈斯,我們來個維里奈斯的牛排怎麼樣?」

「媽的！這裏一份牛排四蘭特。」

「沒關係，將軍在這裏。」

「還要一個湯。」將軍說。

「洋人好像不賣湯吧？窮人才喝湯。」

「你他媽的土包子。」阿台說：「廚子是香港來的中國人。」

「呵呵，是的，我土我土，我應該去開洗衣店——你他媽的自卑！我們中國人有許多科學家、工程師、博士。」

「那屁用，都是美國人，好了，你跑著去，慢了沒份——將軍，我們明天送你去機場。」

「算了，機場很遠。」

「我們和威廉說好了，他開車子送我們去，明天早上九點他來碼頭——」

「威廉——喔，國泰那個小李，唉，我今晚喝多了，他媽的，那張通告很野蠻……你知道日落什麼意思？」

「你說日落生效的日落？」

「嗯，這裏面有殖民時代的精神，你知道英國皇家海軍在日落那片刻，旗艦吹號，然後整個艦隊降旗，這種戲劇性的規則是他們這種人發明的。」

「原來如此，我就說奇怪，通常應該說什麼時候開始，好比1700或1800——」

「來了。」胖子說：「這日本人叫的，我說，大家都中國人嘛，呵呵，厨子就先給我了，不過湯要慢一點，嘖，好香。」

阿台用刀子和叉子吃牛排。

胖子用叉子吃。

將軍從大衣的內袋拿出一雙筷子。

「呵，我說將軍眞性格。」胖子說：「我他媽的屄，我以後也要弄一雙象牙筷子在口袋。」

「是的。」阿台說：「好像地球上的肉，都給叉子叉走的呵。」

幾個日本人圍在他們後面。

將軍放下筷子，望著鏡子。

一個日本人用勁地在他的瓷碟上摔碎酒瓶。

胖子抓著小香檳，瞪著眼睛。

阿台在發抖。

將軍掏出手帕擦了擦臉和衣服。

另一個日本人依樣在胖子的碟上畫葫蘆。

大鼻子勸著，賣力地和日本人說：「我的朋友，我的朋友。」

阿台發抖得從椅子上跌下去。

胖子放下小香檳去扶他。

將軍把手帕放進口袋，深呼吸一次，把兩肘平穩地放在擦乾淨了的吧台。他望著鏡子——望著自己蒼白的臉孔和嘴唇。

樂隊再度鬧起來。

幾個女孩善意地喊著：「秦！離開這裏！離開這裏！」

「我的朋友。」洋紳士說：「離開這裏，那會好些。」

鏡子裏，將軍的眼淚流下來了。他的左手忽然就近抓那根燻黑的棒子——他回頭一棒結實地敲日本人的臉，又一棒敲另一個日本人。

日本人砸他許多酒瓶和煙灰缸，然後撲了上去。

阿台和胖子爬上吧台，翻了進去。

「嗨！嗨！」酒吧的打手喊著。

「喂！喂！」大鼻子朝天放了一聲空槍。

名叫喬埃斯的黑人把他從地上扶起來。

「我的朋友。」喬埃斯說：「你還好吧？」

「我的朋友。」大鼻子板著臉說：「你必須離開這裏——湯姆、尼古拉、法蘭克和喬埃斯，帶他們走，看他們上車，他們必須離開這裏。」

他們看他們三個上車。

司機問他們去哪裏。

「我要去碼頭燒日本船。」胖子激動地說。

「算了。」阿台說：「到我們船上吃龍蝦，我們幾個船員今天晚上去外港的防波堤抓龍蝦。」

「等等，將軍，要不要去醫院？」

「回去吧。」將軍說：「我們回去吧。」

——原載一九七七年八月一日《中外文學》六卷三期

最後的月亮

一

厨子用一支損壞的舵做划子，也因此他必須左右交替划，才能使救生船勉強行進。他划得非常不起勁，時常偷懶；每次停下來休息，他都要拉拉船後繫的魚線。那條線被西北走的海流緊繃地拉向左舷。他曾經釣到一條鰹魚，那是很久以前的事了。他們把牠剖開肉、皮和骨頭均分，所以每個人都有幾乎等量的魚肉、魚皮和魚骨頭。即使這樣力求公平，形狀不規則又內容複雜的魚頭，在僧多粥少這樣的情況下尤其難分，於是厨子和大副多吃了去，厨子算是獎賞，大副則算應當——他們需要他腦袋中的航海知識。

除了一小塊帶尾鰭的殘肉，他們眞是把那條魚吃得一乾二淨。他們原寄望那塊殘剩的皮肉，會較輕易地帶來好運，不料上鈎的魚把魚線掙斷了。值更的人辯說是大魚，大部分的人也相信如此；其他的人不以爲然，他們堅持魚沒那麼大，只怪值更的人不曾及時把牠弄上來。值更的人正巧也是厨子，那時候他在打瞌睡。無論他怎麼狡賴，他們都認爲他必定瞌睡，因爲那時候誰值更都會這樣。他們七嘴八舌的臭罵了他一頓，直到他提醒說：那條鰹魚是他釣上來的。

「厨子。」誰忽然說：「釣到了沒有？」

「沒有啊。」說著，厨子趕忙把拉到一半的魚線又扔回海裏。

「眞的假的？」

「唉。」厨子把溼的手在褲子上擦著。「我是餓得頭昏腦脹，不甘心才拉上來看看——我騙你幹什麼？」

「嗯，╳他媽的，再這樣下去會餓死人——我和你說……」

「呃……呃……」厨子說：「好，好，你釣到的話也要偷偷的告訴我，一定要告訴我呵。」

「那當然，噓，說話小聲一點——今天晚上有沒有看到月亮？」

「還沒，要天亮那一會兒才能看到，月末了，╳，已經一個月了。」

「陳有平！」黑暗中忽然又冒出第三人的聲音：「你又釣到魚了？」

「沒有，沒有，呃，我，我只是拉上來看看，他媽的我餓得頭昏腦脹，不甘心了。」

廚子說：「你睡不著嗎？」

「誰睡得著？你自己仔細看，誰是睡著的？」

這說法弄得廚子心驚肉跳，心虛，他抓起那把舵用勁地在右舷划一下，然後換到左舷也用勁地划一下。更換的瞬間，他偷偷瞥了船中一眼，果然大部分的人是醒的，而且向他盯著銳利的眼睛。

二

電匠下更的時候，天就要亮了。

他舔了舔身旁所能弄到的露水，才去叫接班的人，接班的人蜷縮著軀體，擠在船頭的三角窩地避風睡。「喂！」他說：「老兵……老兵，接更了。」沒應聲，他加了一點手勁去搖那個僵硬冰涼的肩膀。搖著，他加重語氣說：「喂，接更了接更了。」

「他媽的！」誰說：「叫更喊那麼大聲搞屁啊？別人還要睡覺呃！」

「咦，你要不要過來看看？」電匠打個呵欠說：「老兵我搖了半天，搖不醒。」

沒有大塊的捲雲阻攔，早晨的太陽直接從水線升起，沉寂的天空和平靜的海面立刻都轉化成美麗的晴藍色，但是那幾張灰暗的臉孔始終陰沉、倦怠——他們離開那個屍體，聚坐在船的後半段。

「來兩個人。」大副喊著：「來兩個人把他搬到中間……王家富，李大偉……」

「我，我不行，找老劉啦。」李大偉說：「老劉和他好朋友。」

「好，老劉，幫個忙，想辦法把他的手脚放平。」

太陽升高了些，他們才能將他傴僂的軀體仰天擺平。那陣漸熱的陽光也弄得每個人都汗涔涔；他們希望儘快把這件事結束，可是死者泡腫的眼瞼中那對裂縫般的紅眼睛始終睜著，還有那張過分誇張的、歪扭的大嘴。

除了輕擺的船身和水波的細碎摩擦，沒別的聲響；這種簡單反覆的節奏，在封閉的寂靜的空間裏，清晰得彷彿什麼詭秘的脚步聲，因此，每個人都不自覺地默數自己虛弱而沉重的呼吸，並且在懸疑的氣氛中凝重地悲哀起來。

「誰知道什麼方法，可以把他的眼睛和嘴合攏？」大副掃視著衆人說：「有誰知道嗎？」

「必須和他說一些好話。」厨子說：「說一些安慰的話。」

「你來說說看吧。」

「我……呃……，好吧，我試試看。」厨子在屍體旁邊跪了下去，恭敬地磕了一個響頭，說：「老兵……呵，老兵，你是心臟不好，不是我們之間有誰冤枉你，這點你一定明白啦，呃……你現在已經做神了，請你好好保佑我們這些可，可憐的兄弟。」說到這裏，他忍不住嗚咽起來。「呵，呵呵，保，保佑我們早日遇到船隻，呵呵，保佑我們活著回去呵……」

流著眼淚，每個人都對他合掌拜了幾拜；兩個人將他抬著，在空中搖擺兩下，然後從船邊扔下海。響過一陣濺水聲，在明麗澄藍的水中晃了幾次屍衣反射的白影子，他的身體以重心緩慢地翻轉觔斗，同時隨著西北走的海流斜斜地沉進陽光照不到的黑暗的深海。

「下一更應該誰接？」大副說。

「我。」舵工說：「我……呃……」

「呃什麼！坐那裏發呆幹什麼！划船啊！」

沉默了片刻，舵工無精打采地抓起那支損壞的舵，不情願地在左舷划一下，右舷划一下。忽然，他生氣地叫著：「我不划了！這樣划有個屁用！」

「什麼屁用？」大副板著臉，指向船外說：「你不看看這麼急的西北流！」

「是啊，這麼急的西北流我們划有什麼用？而且我們一定遇到什麼鬼了。」

「嗐，什麼鬼，那是心臟衰弱耐不住夜寒。」

「你知道個屁！」舵工激動地說：「耐不住夜寒？根本是划船累死的，你怎麼不划划看？哼！我這輩子都像奴才那樣任人指使，這次我可要好好決定自己的方向！」

三

實習生最早醒來，他張開嘴巴持續地呼出體內惡臭且灼熱的空氣，然後刮下臉上和胸前的汗水在手上舔；這些加上手臂和肩頭的，還不夠去滋潤疼痛又發黏的喉嚨。每個人都脫了衣褲蓋著身體昏睡；太陽照得到處白花花一片刺眼，澄藍的海水中卻輕柔地搖挸著悅人的金色網線。他的視線越過這片美麗又溫和的海面，掃視模糊的水平線，除了幾片明亮的白雲，他依然沒有看到別的。

他把那件發黃的白色制服浸了幾分海水，又蒙在頭上睡；才躺下來，他就聽到一陣細微的啜泣聲。

「好了好了。」舵工不耐煩地坐起來，說：「煩死人了，煩死人了。」

「老劉。」厨子拍拍哭泣者的肩膀，安慰著。「不要難過，我們就要漂到商船的航道了。」

「是啊。」電匠說：「哭得人心惶惶——唉，哭有什麼用，你看，人家實習三副還是個小孩，勇敢得很，睡得好自在——實在可憐，才畢業實習就遇上這種事，跟這個大副實在倒楣，他已經第三次了。」

「是啊。」舵工說：「要不是天生倒楣，他混了這麼多年大副，早就應該幹船長了

——咦?咦?你有沒有看到飛魚——嘿!海豚!海豚!好大一羣啊!」

「哪裏?哪裏?」厨子拉了拉魚線,東張西望。

「拉魚線什麼用。」舵工說:「牠們往東南跑,而且瞧也不會瞧一眼鈎子上那塊臭抹布。」

「是的,他媽的,牠們太聰明了,我說奇怪,鯊魚不是很蠢嗎?」

「幫個忙,不要再來那麼大的魚,唉——」舵工比著手說:「小小一條鰹魚,或者他媽的什麼小魚的,呵呵,呵呵呵,呵呵呵呵……」

「給我住嘴!」大副說:「要命的話,多休息少說話。」

「放你媽屁!沒水沒食物給我吃,少給我發官腔,哼!做船長了呵,呵呵呵,船長。」

「唉呀!」實習生掀開蓋臉的衣服,顫慄地哀求說:「老張,你會把大家笑瘋了。」

「呵,是的是的,小船長,我呵呵呵不笑了。」

四

那條背色墨藍的大鯊魚不停地在附近打轉,而且游得很近;大副掏出自衛手槍對準腦袋連打牠兩槍。牠激烈地在水面折騰,翻轉了幾次肚白,但是終究掙扎地沉潛下海。

「他媽的!」舵工:「應該先用繩子把牠套住。」

「是啊。」盯著水底，廚子說：「咦，還有別的鯊魚，牠們正在吃牠。」

「我╳！」電匠望著那些擁擠鑽動的灰色影子，流著口水說：「吃得好過癮，嘖嘖嘖。」

「可惜——咦，那裏又來了一條，哇——一羣，一羣，這次要好好研究。」

「我來，我來。」舵工拿了一條纜繩，一頭綁在船上，一頭做個活套拿在右手，把身子探出船邊。

「你這個瘋子！」大副罵道：「你不要命了！」

「你知道個屁！」舵工說：「你知道我在漁船幹過幾——哎呀喂，啊啊啊，╳——你媽！╳——你媽！」

他們七手八脚地湊上去將他攔腰拉腿的拖住，那一頭，一條鯊魚咬住他的手腕；當牠狂暴地頻頻捽動腦袋的時候，他們都淸楚看到牠密麻排列又鈎彎的利齒。很快地他們就穩住陣脚，大副趕忙放開手，找一個適當的角度對牠放槍。那幾槍打得牠的大腦袋破裂開花，然而血腥味的慫動，附近的鯊魚立即又湊上去嘶咬。

「啊啊啊，我的手啊——」舵工哭喊著：「╳——你媽，我的手，呵呵呵，我的手——」

「安靜點，安靜點。」實習生撕開一件衣服，顫抖著說：「我來給你止血。」

「止個屁！╳你媽，我的手，啊——啊——我」望著泉湧的鮮血，舵工忽然喊道：「救救我！兄弟呵！救救我！」

喊著，他軟了脚倒在地上；實習生趕忙蹲下去把那隻殘斷的手臂纏綁破布。

那隻手臂被鯊魚撕爛了肌肉然後斷折，切口顯得非常零碎；望著雜亂的皮肉、筋骨和熱騰騰的腥血，他的手抖動得更加不能自主，因此必須很專心去做完這件事，才能發覺四周怪異的氣氛。

「把船划開這裏。」大副揚了揚槍管說：「划啊！」

厨子划了一段路，電匠接著划一段，王家富也划一段，其他人接下去划一段；似乎有著默契，每個人輪流划了那麼一小段就停下來。

「把他抬下去。」大副說。

「呃，大副……」實習生說：「讓我們先把他整理整理。」

「太陽就要下去了。」大副望著夕陽說。

「嗯。」望了望那邊的水線，實習生說：「只有這樣了。」

「厨子，電匠。」大副說：「快呀，太陽就要下去了。」

「呃……」電匠嚥了嚥喉嚨，望著厨子說：「老陳，來吧。」

「等一等，我們談一談。」厨子望著舵工的身體和那灘鮮血說：「我們應該考慮考慮吧？」

「住嘴！」大副揚了揚槍管說：「不要給我攪什麼壞念頭，像個人吧！」

「沒有沒有。」厨子說：「我沒攪什麼壞念頭。」

五

大副瞥了一眼狂笑的電匠，又閉上眼睛養神。

有一陣子，他很清楚他們是在哪裏，所以讓救生船自然地隨著海流漂往西北，預期看到聖赫勒那島，不料他們連隨後的亞仙遜島也沒遇到。那以後他要他們往東划船，企圖北移去接觸非洲大陸的西北角。他們只划了幾天，因此永遠失去了那個願望。

「我們究竟到了什麼地方？」電匠望著實習生哈哈大笑一陣子，喘著氣說：「我，我聽到街上的車聲——」

「你最好是安靜下來。」實習生說：「我們還有得熬的。」

「哈哈哈，我眞是聽到車聲了，喂！兄弟們！醒來！看看那個城市！哈哈哈，一個城市，喂！兄弟！你起來看看啊！」電匠搖著厨子的肩膀說：「你起來看看啊！」

厨子懶懶地睁開眼睛，望一眼周圍東倒西歪睡躺的人；他只望了這麼一眼，就把腦袋在船邊擱的胳膊上挪了一下，又閉起眼睛昏睡。

「天殺的！」電匠掙扎地站起來，喊著：「你們他媽的！真的沒誰聽到車聲嗎？醒來醒來！看看那個城市！哈哈哈，看看那些樹蔭！街道！那些姑娘！」

幾個人認眞地爬起身來，趴在船邊觀望——忽然，他們興奮地叫了起來，相擁著，好像交纏的枯乾的樹藤。

「大副！」老劉流著眼淚嚷著：「你看！陸地！」

「好了。」大副冷靜地說：「安靜下來，那只是幻象。」

「啊？你說什麼？」電匠氣憤地說：「那明明是摩諾維亞！」

「是啊。」老劉說：「摩諾維亞或者福利屯，呵呵，我們漂了這麼多天。」

「是啊，我們漂了他媽的將近兩次月圓。」厨子說：「趕快划過去，兄弟們，快——咦，我他媽的，誰把那根舵丟了？」

「那天打鯊魚丟了。」

「打他媽的頭！」電匠激動地說：「游過去吧！我們帶這塊木頭游過去吧！」

「你給我好好坐著！」大副揚了揚槍管說：「你們都給我安靜的坐下來……你們他媽的聽到了沒有！」

「現在沒你的事了，早就沒你的事了！」說著，電匠往海面扔下一塊木頭，跳下去，抓著木頭游。

猶豫片刻，大副在他背上放了一槍；慘叫一聲，他立刻從木頭上滑下水裏。

「你幹什麼？」老劉瞥一眼漸遠去的血色的海水，和不住地向上冒的氣泡，狂怒地瞪大了眼睛，指著大副的臉說：「你這是幹什麼？我老天，你是幹什麼？」

「是啊，媽個蛋！」厨子也憤慨地說：「你這是幹什麼？」

「冷靜點，大家冷靜點。」大副把槍放回槍套，平靜地說：「實習生。」

「有，大副。」

「你看到那個——什麼城市的影像沒有？」

「有，大副。」

「你看看這圖，告訴他們我們在哪裏。」

「漂了這麼多天……」實習生跪在地上，壓著攤開的海圖指著說：「我們大約是，我們在，呃，我們大約在這裏。」

「這裏有什麼？」

「沒有。」實習生說：「除了海水。」

「好了好了！」老劉說：「你們兩個不要演雙簧，小孩兒，不要聽他的，他正在過船長的癮，他做船長的夢做瘋了——告訴你！」他惡狠狠地指著大副的鼻子說：「如果你敢在我背後放槍，我老劉就做惡鬼抓你，厨子，我們走吧。」

廚子往海面扔下另一塊木頭；他說：「兄弟們，走了。」

他們兩個領先翻身下海，其他人立刻連爬帶滾地翻出船外；只有三個人浮起來抓住那塊木頭。他們朝那個模糊的城市的影像，踢腳划手地用勁游去，不過，只是片刻，廚子就放開木頭回過身來拚命地遊向救生船。「大副——小孩兒——」他悽厲地哭喊著：「快來救我，快來救我呵——」

不約而同的，大副和實習生各在兩舷探身，用手划船；可是，西北走的強勁海流依然把他們的距離逐漸拉開。

六

斜在雲彩中的夕陽，不再火球那般熱熔熔；實習生掀開蒙頭的制服，掛在兩根綁立的竹竿上吹風。他瞇起苦澀的眼皮，在細縫中搜索東半邊海面的水線，只有一處有些影像，可是依然是剛浮上來的，大堆層雲的邊緣。他順勢趴在船沿，任兩手泡在海水裏；海水非常清涼，強烈的舒適感使他清醒許多。好一陣子沒照過鏡子，他幾乎忘記了自己的模樣，而此刻海面上那枯瘦的臉孔，卻又將他自己記憶中隱約的印象弄得更加錯亂。在一陣突然的昏眩中，他想起那幾天——他希望他曾經不是趕著搭機去南非的開普頓港接船，而是去比利時的安特衛浦港。無論如何，航行的第三天，爆炸的機艙把船毀了，那時候他正興致勃勃的在駕駛房值更，火光裏到處驚叫亂跑的人羣把他嚇壞了，因此他慌狂地跟著身邊的水手，閉著眼睛，跳下三層樓高的船橋。水手不曾浮起來，恐怖地等了幾秒鐘，他在冰冷的海水中，孤獨的，拚命地游開大廈般傾倒的船體。他接下去想所有同伴的臉孔；同一條救生船的，別的救生船的和當場死亡的，每一張影子都很清晰。最後一張晃過他腦海的臉孔是大副的，不過，清晰的只是眼眶深陷中那種呆癡和銳利轉換不定的眼神。他寧願看到銳利的眼神，因爲他能直接知道對方的意願，所以逗留在他身上肌肉的那種呆癡眼神，反而使他覺得恐怖。

「實習生。」大副說：「實習生？」

「有，大副。」他在驚惶中趕忙回轉虛弱的身體。

「你還好吧？」大副喘著氣說：「請你幫我……我，我想坐起來。」

遲疑片刻，他從船尾爬向船頭；他一邊爬一邊盯著大副的眼睛。

「那是月亮還是太陽？」

「月亮。」實習生說：「大副，太陽剛下去了。」

「仔細看看，那是什麼東西？」

「雲，大副，那只是雲。」

「噢……我不行了，打開那個皮箱……幫我把那套新的制服穿起來……爲什麼你這幾天要坐到船尾和我隔離，你怕什麼？」

「沒有……沒有，我沒怕什麼，我只是……大副，喂，大副？大副？」

救生船上的月光是凄冷的銀灰色；實習生坐在船尾，思慮地望著坐靠船頭的大副——除了略斜的身體和低垂在胸前的腦袋，他坐得還算端正，因爲他的雙手伸向兩邊，掛在船外。豐盛的月亮照明了他半邊石膏像般的蒼白死臉，也把他那一身海員的新制服映得格外潔白；唯一裸露的肌肉在另半邊臉，可是隱藏在幽暗的黑影中，那邊的模糊輪廓同樣勾畫出無比迫人的神秘氣息。

黑藍的海面，因爲夜風拂亂和海流的攪拌，弄縐的波紋間閃爍著密麻片碎的銀色月光；月亮是完整的鮮明的金黃色，她在水平線和小船之間投射了一道寬濶的光帶，隨波盪漾，搖搖晃晃的好像一條大河；小船在上面繼續漂流。

整個漫長的夜晚，實習生望著那個柔和的月亮；天亮的時候——當太陽從水平線升起的時候，他在自己的額上開了一槍。

——原載一九七八年二月一日《中外文學》第六卷第九期

遊夜街

有點風，海面上的月影和蓬鬆的雲片輕緩的晃個不停，天空還算明朗，那月牙雖細狹，但是仍飽滿的染著悅眼的金黃，而稀疏雲片裏外的夜色也還有幾分滲藍的墨痕。達仔坐在駕駛房，抽著煙欣賞音樂；那種讓海員聽了會鬧鄉愁而想摸撫女人的哀怨歌曲。窗前的港灣整齊的並列著來自世界各地的大小船隻，桅杆高低參差，燈火像星點散佈。夜黑進港以後，除了靠岸時在碼頭上溜幾步，他已經在那裏呆坐了將近兩個鐘頭，可是眼前這樣瀰漫異鄉氣氛的情景，仍然持續的使他胸口忐忑手心發汗。

「達仔。」門口出現孫俊，數著一把鈔票說：「我們走吧。」

「還十分鐘。」達仔望著手錶說：「你贏了呵？」

「沒贏多少，幹，最後一盤我做莊輸了五十幾塊，走吧，我已經和貓仔打了招呼，他馬上就會來接班。」

「喔。」整了整衣服，達仔興沖沖走出駕駛房，踏上船邊的矮欄杆，跳下碼頭。

不慌不忙，孫俊把脚抬起來擱在欄杆上，用一塊隨手撿來的破布擦皮鞋；新皮鞋又上過油，他隨便抹兩下就把鞋子擦得發亮。他是個個子中等的胖子，有一個不小的肚子，所以牛仔褲只能鬆垮的穿到臍下，而褲管打了幾褶。秋末冬初，夜有些涼，他穿了一件紅色套頭毛衣和黃色白毛大翻領的雞皮衣；皮衣沒上拉鍊、毛衣很薄，他強壯的胸脯也是鼓凸凸。

站在碼頭上，達仔又點了一根煙取暖；他沒穿內衣，因爲幾件內衣都在工作中穿得又黃又臭，他身上穿的白襯衫給人的印象也是如此，若非夜色遮掩，那破舊的衣領折邊眞見不得人；和這件襯衫一樣，他那套深棕色的西裝也是十五年前的行頭了。

「你應該買新衣啦。」孫俊跳上碼頭，拉了拉褲頭說：「你這樣子找不到女人，呵，我們如果還年輕，穿這樣邋裏邋遢，他們還以爲性格，但是我們差不多老咯。」

「嗯，明天上街買，不過……」

「我這可以先拿點去。」數了五張二十元美金，孫俊說：「賣了鯊魚翅再還我，這次的鯊魚翅每人大概可以分到一百三。」

「我在落魄啦。」達仔解嘲的說：「十幾年前，我達仔身上穿的，哪一套不是最準最翩！哈哈哈哈哈。」

在他這陣英雄末路的蒼涼狂笑中，孫俊發覺自己言重了，趕快把話題扯開，談些碼頭上的趣味和韻事；但是達仔並不見得怎麼快活。

「我希望你會想開一點，過去已經是過去咯，啊！達仔！」用勁拍了一下他的肩胛，孫俊安慰的說：「你現在不是好好的嗎？有工作，有錢賺，喝的是洋煙，免再去和那些王哥柳哥作陣，也沒警察隨便再抓你去坐獄，哪，現在在南非的開普頓散步，散步散步，呵呵呵，找幾時，有幾人，可以像你我現在這樣輕鬆的要去遊夜街？」說著，他嘞嘞嘞的唱起歌來。

這時候該上街的船員，早都已經在那裏尋芳買醉；碼頭上難得有幾個遲行的人，所以看不到街車的影子。他們走出那條在朦朧的船燈烘照下伸進港灣的狹長堤道，又走過一段靠岸的碼頭；這裏沒靠船，陰暗的路燈下他們可以看到一波波的浪紋，聽到一陣陣的拍岸潮聲。他們一直走到海關口仍然沒攔到街車，而且被一列運煤的火車阻在路上；黑漆漆的笨重列車拖得很長，而燒煤的機車頭總是沒能一口氣將它們帶上斜坡，累得喘來喘去寸步難移。有幾次列車舒緩的滑動起來，眼看就要順利的離去，但是喘不過氣的機車頭忽然悽厲的嘶叫一聲，停得車箱逐一追撞發出沉悶的令人厭煩焦慮的巨響。

「這車很討厭，幹！我們……」

「啊？」

「這車很討厭，我們繞過去。」孫俊說：「我們繞過去。」

「喔。」

他們繞了一段路，在機車頭冒出的蒸氣霧中鑽過去；鐵道那邊鐵絲網牆擋著，他們必須在相等長的另一段路上走回平交道口。不耐煩路道的狹窄，他們在路上跑起來。

「你看。」孫俊喘著氣說：「還在拖來拖去，這種車很討厭，我有一次坐車遇著，車錶空跳了三塊多，呵，一般來講從街上到碼頭，只要一塊多，那次跳到四塊，很冤枉——」

拉了一聲又響又長的汽笛，機車頭又開始拉動那列車廂，慢慢的，逐漸又快速的向前滾動。停下話頭，孫俊繼續的跑向平交道口，而達仔在快速移動的列車間覺得頭暈，趕忙面向鐵絲網停下步來。跑到平交道口，孫俊攔下一輛路過的街車，正要跨進車廂才發覺達仔沒跟來。

「喂——達仔！」他招手大喊：「來啊！車子來了啊！」

「火車使我頭暈！」

「啊？什麼？鐵絲網怎麼？」

「火車使我頭暈！」達仔又大聲的喊一遍：「我等它停了再去啦！」

「唉！來啦！車子不能等啦！」

「好好好。」說著，達仔沿著鐵絲網快步的走去。

跑熱了，孫俊脫了皮夾克，用兩肩的毛衣擦拭頰上的汗，達仔沒什麼汗，不過心中作嘔，他拉下玻璃窗大口大口的呼吸窗外清涼的空氣。在陰暗的路上跑幾步，街車穿過一段未完的高架公路，駛進市區。大街很寬敞，兩邊是高大的建築，辦公室的守夜燈火和店鋪的櫥窗，朦朦朧朧的漆黑的夜裏交融成一圈一圈溫柔的光暈，陰陰秘秘。人行道上偶爾出現幾個異鄉來的流浪人，在車窗旁一閃而過，像浮動的紙影。而清瘦的街燈下，路樹的枝葉也緩緩的晃著晃著。

「好像要颱風了。」達仔說。

「沒關係，回家時車子可以開到船下，嘿嘿，也許我們今晚會睡在街上。」停了片刻，孫俊憂慮的說：「你可不要惹禍喔。」

「哈哈哈。」掀開西裝的衣襬晃了晃，達仔說：「我沒帶刀子出來就不會惹禍。」

「是啦，最好不要再惹禍了，你看，你這輩子已經在監獄裏浪費將近二十年——」

「二十三年。」

「是啊，哪有意思？」孫俊說：「好在那已經過去，人生久久長，後手還有幾十年。」說到這兒，他拍拍達仔的肩膀，安慰的說：「輕鬆輕鬆給它放軟呵，享受享受，不要硬得像石頭。」他還想多說些，可是爲這個童年好友的不值遭遇，喉嚨哽著一陣酸酸的激情，於是改口玩笑說：「只有抱著女人的時候，再給它硬得像石頭呵，呵呵呵。」

對於孫俊的誠意關心和趣味玩笑，達仔瘦削的棕黑色面孔，仍然緊張的繃著臉皮，絲紋不起。可是當他無意間一眼看到孫俊眼眶中隱約的淚光，卻不知所措的把臉又別向窗口。

離開大馬路，車子右拐轉進一條幽暗的小街道，爬上斜坡。他們在兩條坡斜的街道十字交口下車；那裏，前後左右散落著咖啡室、酒店、餐館、戲院、牛排屋和舞廳，而舞廳的音樂和浮在夜空的霓虹招牌，弄得街道到處裊繞著令人目迷心亂的浪漫氣氛。

「我們已經在街上了。」挽著達仔的臂膀橫過街走向一家廣東餐館，孫俊說：「一定不要惹事喔。」

「你放心，我告訴你放心你就可以放心。」達仔冷靜十足的說：「我這一路來四個月，惹禍沒有？我一向講一是一絕對不含糊，我甚至於可以告訴你，我今晚可以不喝酒、不睡女人，我只想出來走走看看。」

「沒啦，我不是這個意思，什麼不喝酒，今晚我正是專要請你出來喝幾杯咧，哪，我們就在這家廣東餐廳，先喝個幾杯再說。」

招來老闆，孫俊綽綽大方的點了幾道精美的菜，又開了一瓶白蘭地。黃昏之後，這裏曾有七八分滿坐的吃客；十點鐘左右這些人爭先恐後跑舞廳去了，只剩得一桌幾分爛醉的香港船員在角落裏閒扯。他們才要開始打牙祭，門口又陸陸續續進來六個衣裝不整的台灣船員，他們望了這些生面孔一眼就繼續動筷子；那些陌生人雜雜呼呼的在他們隔桌圍著坐下來。

「船長呢？」有一個人發著香煙說：「是不是溜了？呵呵。」

「沒啦，剛在迪士可門前遇到茱迪，正在比手劃脚呵。」

「管他的，先把菜點了。」另一個船員說：「反正他來不來，都要他付帳，是他說好要請客的——喔！來了來了，咦，船長怎麼樣，茱迪跟別人跑啦？」

那船長長得十分清秀，大約三十五歲，穿一身白色風衣，漂漂亮亮的，他沒回答他的船員，而笑嘻嘻的奔向孫俊，弄得大家莫名其妙。

「俊仔！」他用勁拍了孫俊肩膀一記，高興的說：「你怎麼在這裏——咦，這不是達仔嗎？幹，怎麼都跑到開普頓來了？」

「哈哈，你問我？」孫俊說：「我才要問你呢，你不是在太平洋嗎？前次我去你家，在家裏遇到你大哥——」

「是啦，那是一年前了。」

「嗯，你給我幹船長了。」點著頭讚賞，孫俊說：「年輕小伙子給我幹船長了，嘻嘻，你眞行，咦，叫你的船員都過來吧，我再添幾樣菜，多開一瓶酒就可以啦。」

「也好，等下去舞廳我請客。」
「去迪士可呵？」孫俊調侃的說：「茱迪呵，呵呵呵。」
「達仔，喝一杯。」船長說：「恭喜啦，你何時出來的？」
「二月——喔，出獄？去年年底。」達仔面無表情，眼神茫茫的說：「我不喝酒，我很久沒有喝酒了。」
「喔，用可樂代替吧。」船長說：「我去拿。」
「我去，」說著，達仔搶先離開座位，走向櫃台。
「這達仔眞冤枉眞可憐。」船長惋惜的說：「他對朋友太盡忠，太講義氣。」
「是啊。」孫俊說：「要不然，他怎麼會在獄裏住那麼幾次。」
「他啊？」一個船員訝異的說：「看他瘦瘦小小——」
「瘦瘦小小？哼！」船長比手劃脚的說：「他要殺你的話，手不抖脚不軟眼皮不眨，心臟也不會多跳一下，哪像你們這種二三流角色，我要殺你！才喊嚦，自己就眼花頭昏了，哼！」
「是啊，他這招很頭痛，他不是在你背後，是跟你面對面，當著你面把刀插在你身上。」孫俊說：「把他弄火了他就是這麼做，不過他不是隨便發火的人，有時你在他臉上吐口水，他也不一定發脾氣咧。」攤開雙手，聳聳肩，他繼續說：「到底標準如何，只有他自己知道——咦，達仔，你買那麼多幹什麼？這裏都是喝酒的人，你買一罐就好嘛。」

「沒關係。」把那些罐裝可樂在桌上擺好，達仔說：「誰要喝自己拿，這算我請客。」說著，他打開一罐倒了一杯，指向船長說：「勇仔的小弟，失禮，你什麼大名，我——喔。」和船長喝完那杯，他又倒了一杯敬孫俊。「來，大副。」

「咦，大副？幹，沒意思沒意思。」玩笑著，孫俊說：「叫我俊仔就好了，呵呵，乾杯，給它輕鬆再輕鬆，享受再享受！」乾了酒，抖著空杯子，他鼓勵的說：「你好好給他學下去，我下次出海若是弄到船長幹，一定派你幹二副，再一趟派你幹大副！」

對於這樣友愛的感情，達仔仍然無動聲色，而且不再多言的只顧抽煙。了解他的個性，孫俊不以為怪，其他人卻不然。他們原以為他會像碼頭上那些無賴英雄一樣大吹大擂，加油添醋的自誇一番從前的傑作，不料悶聲不響，就大大的意外了。有幾個人想，這樣古怪的人，癖性之殘酷惡劣，一定大大超過他們剛才所聽或所能想像的；大部分人看他臉色灰萎，眼白發黃，一副畏畏縮縮的樣子，心想長年的牢獄生活大概已經把他弄扁了，如今徒具空名而已。這樣，他們立刻把他撇開在一旁，自談自的趣事。

在舞廳他們也聽他自便，甚至孫俊也沒空和他搭腔；大家嘻嘻哈哈的喝酒，而且一心只想追女孩去舞池跳舞。因為來遲了，他們只佔得離舞池極遠的桌子，而女孩子們也大都看定了買主，大部分的時間他們只有乾坐的份，只有那個年輕的船長，偶爾還沾上個裙邊。

「怎麼樣，船長？」一個醉醺醺的船員說：「好像不太順啊，那茱迪怎麼不過來？」

「呃，幹，幹，我也不知道爲什麼她不高興。」

「啊，你昨天買花送給泰麗，她吃醋啦——」另一個同樣醉醺醺的船員說。

「唉，我買花是送給她，因爲泰麗和她在一起，我不好意思。」船長說：「我是順便送泰麗的。」

「咦，這不行啊，這就會吃醋啊。」

「我看是吹了。」孫俊說：「整個晚上她都和那個少年家在一起。」

「那是新豐的報務員。」一個船員說。

「我去把她叫來。」說著，那個醉醺醺的船員，搖搖晃晃的，摔開別人的拉扯大步的走開。

他才動手要拉女孩，就被那桌的人推倒在地上衆脚亂踢一番。就這樣，兩桌的人立刻陷入混戰；而達仔繼續坐在自己的座位，無論酒瓶酒杯如何的在他面前亂飛，或者無辜的被亂拳亂脚擦到，甚至於，他還能冷靜的點起一根煙來抽。

那場混戰的最後一聲響，是幾個酒瓶被摔碎在牆上，白人老闆和舞廳的打手摔的，不過勸停架的是雙方都熟悉的別船船員。孫俊被打得不輕，臉上有兩處破皮，而用勁過猛酒氣攻心，他醉得開始鬧狂了。不顧他的意願和其他人的境況，達仔死拖活拉的將他帶出舞廳，立刻又攔了一輛街車把他推進去。

回到船上，孫俊鬧得更瘋，一會兒就把船上睡覺的人吵醒了；看他酒醉，他們都好意的勸他上床睡覺。

「幹，根本沒我的事。」他流著眼淚，又重複這些醉話：「我是以第三者的身分去勸架，他們連我也打進去了，把我打成這樣，喔，我怎麼甘心！我怎麼甘心！尤其是那個胖子，幹！我不甘心！我要把他殺了！」

無論如何他是不甘心，而大部分的意識和理智被酒氣醺昏了，他持續的在駕駛房又罵又跳，在人們的拉扯間左右衝撞。

「達仔。」一個船員說：「你勸勸他吧，勸他去睡吧，有話我們明日清醒冷靜的時候，再大夥兒一起去討個公理呵，該道歉就跟我們道歉，要不，該怎麼辦就怎麼辦，是不是？」

達仔坐在早些時候值更的位置，既沒看那個說話的人，也沒回答話。他瞇著眼睛看窗口；半夜了，月亮和星星早不知躲到哪兒去，就是那些散佈的輝煌船燈也熄了許多，只剩得零落幾盞，隱約的勾描出陰暗的碼頭和船隻的輪廓。遠處傳來一聲悽厲的汽笛，他的腦海裏立即浮現那喘氣掙扎的笨重運煤火車，而且被它黑壓壓的印象迫擠得十分哀愁，不知所措。但是想起列車旁那片鐵絲網，他混亂的心情立刻又平靜下來。

「睡啦。」他跳下座位，拍拍孫俊的背部說：「睡啦大副，有話明天再說。」

「明天再說？哼！」撇嘴拉臉的瞪他一眼，孫俊說：「你說得輕鬆，我今晚——我現在就要去說！呸！無緣無故把我打成這樣！」抹一下臉上的血漬，他展示的說：「我這血不值錢嗎？我這臉不要了嗎？」說著，他又繼續在大家的拉扯間衝來衝去。

站在一邊低頭沉默個片刻，達仔斬釘截鐵的說：「那麼你想怎麼辦？」

「他必須跟我道歉！當著大家的面道歉！」

「就這樣？」

打個酒呃，孫俊說：「就這樣。」

「好，你等我。」說著，達仔回到自己的房間，在床墊下摸出一個捲得仔細的布包，選了兩把刀子插進腰帶。

他們不顧衆人的拉扯，離開碼頭，攔了一輛回頭車又跑去那家舞廳。人們或許會在第二天無事的閒談這個晚上，在這裏發生的事，不過不是現在；現在他們繼續在這裏喝酒跳舞，無暇回憶剛才的事。可是他們兩個的出現，立刻使得氣氛又劍拔弩張。

醉昏了頭，孫俊狂妄的指著那個大塊頭說：「喂！你給我站起來！我跟你說話！」

人衆氣盛，那桌人根本不把一個醉漢和一個不顯眼的瘦小子看在眼裏；尤其坐中間那個身材魁梧的，更是從容不迫的在胸前交叉手臂。

「這位是船長呵？」達仔平靜的說：「喔，輪機長，是這樣，今晚我們是兩個人出來，碰巧和剛才那些人坐在一起，我們是局外人，我們大副只是要勸架，誤會了，你們把他打成這樣，呃，就算他喝醉了，你們誰給他道個歉，就這樣散了，如何？」

「呵呵。」那個輪機長按熄了煙，站起來，輕蔑的指著達仔說：「你是誰？」

「我是誰沒關係吧？」達仔仍然冷靜的說：「跟一個酒醉的人道歉——」

「幹！」怒喝一聲，那個輪機長一拳打在達仔的鼻子，把他四仰八叉的打倒在地上。

從地上爬起來，達仔從褲袋掏出手帕安安靜靜的指拭唇上的鼻血，指完了他把手帕放進西裝的內袋，同時拔出一把尖刀，毫不猶豫的揷進那個輪機長寬大的胸脯，而且平靜的望著那個受傷或死去的身體倒下地板，然後拍拍孫俊的背部。

「我們回去吧。」他說。

「喔，達仔。」驚醒了，孫俊說：「我不是告訴你不要惹禍，唉！唉！」

——原載一九七九年十二月二日《聯合報》副刊

海鷗

我們各坐兩舢，悠哉的把小船划出汚濁的港灣。

海水剛在午後漲滿，港道非常柔軟，木划和船尾掀起紊亂的波紋，在平靜的海面涴演浪漫。

好一會兒，我們終於遠離海岸和吵鬧的人羣，在深海中隨波漂盪。

遠處，在水平線上，從左到右，我們可以看到和平島和八斗子礁岩崛峭的海岸，焊光閃爍的造船場，基隆港蒼白的防波堤和燈塔，堤外幾艘錨泊的洋輪，協和發電廠的廠房、瘦長的煙囪和巨圓的油庫，再來就是我們剛才離開的外木山漁村，以及衆多山褶間遠遠相離的另外兩個較小的漁村。

那兩個小漁村，小得只是幾家漁戶蕞集。

外木山漁村是幾十家漁戶聚落·,他們的紅色磚房，蜿蜒山坳的彎折整齊的幾行排列，其間點綴著幾間水泥樓房和一家神廟，高高低低的像積木。村子依傍的山看起來也不再那麼偉峻，柔軟得像一抹翠綠，而岸上釣魚的或者海灘邊弄潮的人影，更是渺小得像一片錯雜的色點。

時間在裏面似乎停止了，所有的影像全都靜默得像夢幻，像永恆。

我從來不曾離開海岸這麼遠，所以好奇而且貪婪的仔細把這一切美景慢眼欣賞；至於我的朋友，這個不幸的人，只是沉默的埋頭整理釣具。

「你畫過這些吧？」

「……」

「你畫過這一片海岸吧？」

瞥了海岸一眼，他又低下頭去結魚鈎。

「坦白說，我今天是來安慰你。」我說：「雖然我不知道你究竟發生了什麼事。」

「沒什麼事。」他說：「這支釣竿給你，我們今天只是來釣魚，好嗎？」

「好吧，我應該放多深？」

「隨你的意思。」

我把鉛垂帶頭的魚線，從釣竿的前端用勁甩出去。我沒能甩得很遠，不過鉛垂在海面弄出的水花和聲響已經足夠使我覺得愉快。

「你一定可以用得很遠。」我說：「咦？你不釣啊？」

「嗯。」

「我們可能釣到什麼魚？」

「也許石斑，也許黑鯛，也許……」聳聳肩，他說：「我不知道。」

「有沒有鮪魚？」

「……」

「鮪魚是什麼樣子？」

「……」

「也許我們會釣到旗魚？」

「……」

「旗魚——」我說：「呃，旗魚就是馬林魚吧？」

「呵。」

「呵呵，是不是？」

「你不必爲我擔心。」

「最好是這樣，我希望眞是這樣。」我說：「你在那條船上畫了不少東西呵？」

「……」

我想，或許我暫時不應該一直問他那條船的事。

只有輕微的海流不停的在魚線上顫動，除了發呆我沒什麼事做。小船和緩的晃得像搖籃，海風很清涼；打了幾個呵欠，我就開始瞌睡。

我睡了一會，只是一會兒。

我的朋友還是那個樣子，呆楞坐著，兩眼無神的望著海水。海水的表層，晴麗的陽光曬著，是晶瑩的翠藍色，而且麻密細綴水面折射進去的金線；他看的不是這些，他看的是墨藍底層下的幽暗。

我想，我的朋友眞是病了。

我不知他爲什麼病得那麼厲害，只知道那條船使他生病了，此外，如果他不說，我們幾個朋友之間誰也不會明白，於是除了好奇和同情我們都愛莫能助。

前次，我們在基隆車站分手，他要去高雄。做爲一個年輕畫家，他有一點困惱，他認爲：如果人的形象或者人性這樣的內涵弄不上畫面，繪畫對他來說是無意義了。他興致勃勃的要上他們家的一條遠洋鮪釣漁船，去海上畫畫；要在一片從來沒有別的畫家探討過的處女地，給予人的形象和內涵一種新的詮釋，新的精神與生命。然後，他會在任何一個港口下船，搭機回來開畫展。

我收過他幾封信——只是風景卡：好比：馬來西亞的檳榔嶼，東非肯亞的蒙巴薩，模利西斯的留尼旺，最後是南非的德班和開普頓。此後，我再沒他的消息。

有一陣子我擔心船沉了，就特別留意這類的消息，可是報紙很少談這些；至於他家的人，只知道他在船上，也不明白爲什麼他只寄風景卡。然後工作忙，我漸漸就把他忘了。

「那些風景卡很漂亮。」我說。

「嗯？」

「你寄給我的那些風景卡有的很漂亮，比如開普頓港灣裏滿天飛的海鷗，喔，那麼多的海鷗。」

「……」

「唉，你究竟發生什麼事？」

「沒什麼事。」望著我，他說：「我，我現在好好的，我只是不想談這些。」

我不知道他說的是眞是假；他們說他發瘋了，當他注視海底兩眼無神的樣子，就是一種典型的瘋態。但是，此刻，他兩眼炯炯有神，像刀般銳利；無論如何，我還是困惑，因爲這可能也是一種瘋態。我甚至於擔心，是否我的再三追問把他惹火了，他立刻就要狂亂的攻擊我。

倒吸一口涼氣，我趕忙把臉轉開。

「我們今天大概釣不到魚。」我說。

「很難說，釣魚是不一定的。」沉默片刻，他忽然說：「你不再問我那條船了？」

「當然，當然。」我說：「呵，我不想知道了。」

我的朋友立刻褪去眼中的神采，再度陷入那種無望的呆鈍。我想，這樣意識空茫的狀態，夜以繼日下去，必定會把他侵蝕得徹底崩潰：於是，我又鼓起勇氣，坐近他身旁。

「說說看。」指著遠處一隻褐色的海鳥，我說：「對於那隻海鷗，你有什麼感想？」

「海鷗？哪裏？」他興奮的四處張望，然後失望的說：「那不是海鷗，那只是海鳥。」

「噢，就說是一隻海鳥吧。」

「海鳥，嗯，我們倒是可以談談海鷗。」他說：「大家都以爲海鷗很逍遙，呃，什麼自由自在的在天空翺翔，不是這個樣子……海鷗……」想了片刻，他說：「海鷗有鵝那麼大，背面淺灰，腹面白，牠們長成這個樣子，因爲牠們上下都有危險，除了繁殖期，牠們所有的時間都生活在海上，遠遠的離開陸地，不停的在天空飛來飛去，累了就在海面棲息。海裏有大魚，所以牠們腹面是雲的白色，空中有猛禽，所以牠們背面是淺灰，呃，從高空俯視，灰色和灰藍色差不多。」嘆了一口氣，他說：「牠們不是在天空自由翺翔，牠們成天找東西吃，呃，牠們總是成羣相聚，所以應該說是搶東西吃——你問我有什麼感想，呵，當眞實面這樣強的時候，我想，我的感想是沒意義了。」說著，他轉過臉去看天邊的水線。

水線那兒，除了天空和海水，什麼也沒有。

「你要不要談那條船？」我試探的說：「那船好玩吧？你在船上看到了什麼？」

閉起眼睛，拿指尖按壓鼻樑的根部，他說：「大約就是那個樣子。」

我不明白他的意思，除了天空和海水，我在水線那兒仍然看不出什麼東西。然後，當我全神貫注了片刻，慢慢的就在一海空相連的蒼茫中迷失了。

「我明白了。」我說：「我想，我明白了。」

「你不會明白。」睜開眼睛，望著那條水線，他說：「你並不眞正明白，有一個朋友在身邊，那感覺是非常不同的。」呆了片刻，他忽然說：「也許我應該告訴你那條船的事。」

「是啊，唉——」拍了一下他的肩膀，我興奮的說：「你應該告訴我，你早就應該告訴我。」

他並沒這麼激動，一點兒也不，他略微不安的握了握雙手，和緩的吞吐一口氣，然後開始說他的故事。

前年三月我們離開高雄。

當我們的親人在碼頭，後來又跑上山頭對我們揮手或者搖手帕的時候，我想我們每人的心中都充滿離愁和悲哀：離愁是因爲孤獨，悲哀則是因爲恐懼。不過我們都很興奮，喔，我們都很興奮。

我們一共是二十二個人，有些人是專程出去淘金的，有些人是被社會淘汰的，有些人則是好玩：我們的興奮是同樣的。至於我，我應該是最興奮的，因爲我是唯一留在船後，眼看陸地在水線上消失的人。

我記不得我有什麼感想了，或者說，極度興奮之後，我除了暈船根本沒有什麼有系統、有意義的感想。我立刻就睡了，睡了一個下午，又一口氣睡到晚上八九點，可是除了爬起來嘔吐，我幾乎站不住脚。這樣，我總共熬過了不知道幾天，一直要到我們繞過星加坡，走完麻六甲海峽，幾乎到了檳榔嶼，才能恢復正常。我們在檳榔嶼的檳城加油和補充食物，待了兩天半，然後我們直接航向印度洋。

這一路來我們都是走著浪靜風平，可是，當我們走進印度洋，我們就難得一天看到，呃，難得一天安穩，我說的不只是海域的狀況，我要說的是一切，喔——一切太複雜了，我不想，呃，我想，我想我們又可以談談海鷗。

這裏有許多海鷗，到處都是海鷗。

海鷗的叫聲像嬰孩的哭聲。

牠們喜歡跟在船後，搶食扔棄的魚餌或者碎魚片。

呵，我們的船員喜歡釣海鷗玩，是的，用釣的，他們用魚線綁魚鈎，而牠們搶著吃鈎上的魚肉，牠們搶得太激烈了，以至於嘴喙被鈎子鈎住，或者翅膀被魚線纏住。他們將牠們拉上船，把牠們的頸子折進翼下扔在一邊。唉，這些海鷗，即使牠們被折騰成這個苦難的樣子，牠們仍然不停的互相咬噬，咬得皮破血流。

我時常看得心中不忍，偷偷把牠們放了。有一次呃，有一次有一隻海鷗被啄瞎了，我想我最好拿屠刀一刀將牠的痛苦了斷；於是，我抓住牠的兩翼解開牠的頭，讓牠的長頸子平放在甲板，然後狠狠的砍牠一刀。

喔，牠的頸子一下子就斷了，鮮血熱騰騰的噴出來。

坦白說，呃，我覺得憐憫，但是也覺得喜悅——那陣顫慄之中，同時存在著憐憫與喜悅。

這樣的事情怎麼可能在我身上發生，我想。

我又試了一隻，要弄清楚究竟我的感覺是什麼，我接著又試了一隻——我不知道，一直到今天我仍然不知道，我一共殺了四百多隻。

嗯，即使這個時候，就是現在，我想，我，喔，海鷗……我說到哪裏去了？

我不曾完整的畫過什麼東西，但是很認眞的做過許多素描和構圖，這些，我想當我回來的時候，只須加以色彩的滋潤就成了，呃，你知道色彩非常重要，它們有感情，可以使人覺得光明也可以使人覺得黑暗，當然，痛苦、歡樂，一切都在裏面了；我不能隨意給這些構圖加上色彩，如果我對這些構圖不了解，或者了解後沒有意見，我是不應該做什麼的。

我很高興那條船是孤獨的處在汪洋大海中，我也很高興我在船上扮演一個孤獨的角色，我不是要刻意扮演這樣的角色，那是自然形成的；這些使我能夠非常客觀——我，我又混亂了，事實上我是混亂了，當我在思慮色彩的時候我已經混亂了，是啦，我想起來啦，一般來說，在畫中我們所能把握的只算是瞬間的狀態，可是即使以瞬間來看，這世上也沒有任何事物，包括人，是一種狀態；它們是一些關係，相關連的關係。

那是一條遠洋漁船，事先我已經知道了，不過我知道得並不詳細；比如說，整條船的設計純粹在工作目的著想，人的生活空間比較魚艙和油櫃是其次的，比較魚的價值人的價值也是其次的，呵，我們擁擠的生活在侷迫的空間裏，睡眠不足，夜以繼日工作，此外，我們在海上一待就是百來天。

每天我看到的景象就是這樣：天空、海水、沒別的船、沒山。茫茫一片中，那種死寂、詭秘和虛無，不是色彩可以把握和解釋，或者描繪出來，也不是你我現在可以了解或感覺的。在這裏，離海岸並不遠，我們有足夠廣大的陸地可以依附，可以沖淡天空龐大的虛無；在那裏，生死不過是船殼鐵板一公分厚的事，而且那條船太小了，風浪時常在船裏船外進進出出，生死就變得更加急迫，是每個刹那間的事。

這樣的情況下，當我獨自面對那樣一片無限大的虛無，我非常恐懼，呃，我想，我們每一個人都曾經或者持續的意識到這個事實，呵，我們都已經變成隨時隨地這麼孤獨了。

可憐。

在這以前，我們只有當大家在睡覺，而自己獨自在駕駛房開船的時候，才會這麼孤獨；在這以前，我們時常湊在一起嘻嘻哈哈，像好友。

現在，我們再不能容忍彼此間的一些缺點，開始激烈的互相排斥，呃，其實在我們互相不了解的時候，我們大部分的嘻笑幾乎也都是建築在別人的痛苦上，是戲謔。我們之間沒有愛，沒有憐憫，沒有友情，喔，友情有時候是有的，我說有時候，因爲在以後的日子裏，我們會發現那只是短暫的，建立在某種聯盟的關係。

聯盟？是的。我說得像拚鬥，正是拚個你死我活的樣子。

唉。

在這樣混亂的關係裏，事實上我無法在畫中整理出什麼狀態。可是，我想，如果我能夠把這些混亂的關係調理和諧，成爲某種較持久較穩定的狀態，我就能夠自信十足的給予色彩——你明白我的意思嗎？

一夜之間，我變成一個虔誠的佈道師了，可是沒人聽我的。那些淘金的人，只想看一條條鮪魚被拉上船，或者一張張鈔票從別人的口袋掏出來；那些被社會淘汰的人，繼續詛咒、咆哮、醉酒；那些出來玩玩的，從來不曾眞正欣賞異鄉的風光，他們只是想玩女人，不管白的黑的，褐的黃的，乾淨的髒的，只要找到了就一頭鑽進去。

我想，我可以回家了，我已經確定我應該在畫中塗什麼色彩；做爲一個畫家，我頂多只能做到這個地步了。

「是的，你應該這樣。」我說：「你終究是無能爲力，這世界就是這樣。」苦惱的望著我，他似乎不想再說下去，或者他已經說完了。

「就這樣？」我訝異的說。

他只是苦惱的望著我，然後嘆了一口氣。

我，好吧，我既然說這麼多了。

這世界就是這樣；當你這麼說的時候，你說的是某一種關係中的狀態。

我知道，我知道這世界就是這樣。可是我相信，我相信這世界也可能是另外一種樣子，在另外一種關係中呈現另外一種樣子。

很不幸的，大家都這麼想：這世界就是這樣。

讓我來說其中的一個船員；他沒有理想，沒有批判，沒有希望。他眼中的世界就是：這世界就是這樣。

我對他很感興趣；他同時是一個淘金的，被社會淘汰的，出來玩玩的。一開始，他就陷在極度的孤獨而恐懼；我必須提醒你，這種孤獨和恐懼不是出自想像或者猜疑，是實實在在，實實在在存在於就是這樣的世界。簡單的說，人們的恐懼、痛苦、失望、仇恨，一切，歸根結底都是發生在人和人之間的關係。當然，人們的理想、歡樂、希望，也是如此，好，這世界就是這樣，於是，對於別人：無論是善意像我的，或是惡意像別人的；他的心裏只有猜忌和恐懼。他始終孤獨不安；當他上船的第一天，有意無意的，笑嘻嘻的，就要別人知道他練過拳，以後嘛也時常在大家面前弄個馬步蹲蹲，晃幾手把式。無論如何，他是免不了恐懼，因為這世界就是這樣；當大家都陷於恐懼的時候——這樣的關係裏，彼此只有忌恨，而忌恨又使彼此恐懼。

有兩個船員彼此氣昏了，掄起拳頭，面對面跳著，吼著：我要揍你！我早就想揍你了！可是他們只是張牙舞爪，擺姿態，誰也不敢揍下去，因為彼此都恐懼。又因為恐懼，也許誰擺的姿態過分誇大了——忽然在一個動作間彼此都大吃一驚，而把對方緊緊抱住，像在跳舞，呵，像在跳舞，然而，他們仍然喊著：我早就想揍你了！我一直就想把你扔下海咧！然後他們盼望別人來勸架，將他們分開，很公平的分開，然後他們仍然會裝腔作勢的喊著：我一直就想好好的揍你呵！×××！

有時候，如果誰的拳頭眞的揍下去，而發覺對方恐懼得較厲害，就會繼續揍下去了；可是這樣做無非還是恐懼；怕對方恐懼得不夠。無論如何，這個揍人的揍到某個地步，終究還是會恐懼的停止，因爲他明白對方的恐懼只能畏縮壓擠到某種極限。

喔，我說到哪裏去了？

是，那個船員，嗯。

他非常痛恨我，也非常怕我。

我不知道爲什麼，我不過是兩次勸他和別人好好相處。當我這麼說的時候，我是善意的，毫無慍忿，溫和得像我剛才說的佈道師。他似乎是不能忍受我的心平氣和；如果我咆哮著吼那些說詞，或許他能忍受？唉！天知道爲什麼他害怕我善意的笑臉，而他的恐懼相對的也使我恐懼，以至於我想：我必須在床邊藏一把刀。

有一天晚上。

呃，有一天晚上我們停在南非的開普頓，那是進港的第三天，船上的人都上街去玩了，只剩下他和一個值更人在甲板嘻嘻哈哈的喝酒鬧拳。

開普頓的治安不好，我沒在街上逛很久。

當我回船的時候，他正和值更人鬥嘴；他們鬥沒幾嘴就動起手脚。當然，他一動手就佔上風，幾乎是騎在值更人的肚子上打個沒完。我不明白爲什麼他打得那麼瘋，也許他醉了，也許因爲值更人咬牙切齒的不停喊：打吧！打吧！把我打死吧！×！如果打不死我，留我一口氣，嘿！你今晚就不要想睡，我×××一定會給你一刀！

他們吵得那麼激烈，以至於所有港灣裏棲息的海鷗都被驚醒，聒噪著——像是嘲笑，或者哭泣，在昏黃船燈照著的空中，漫天狂舞。

我立刻從碼頭跳下甲板，把他拉開；我才將他拉開，那個挨揍的值更人卻乘機會踢他胯下一脚，然後溜個無影無蹤。

他眞是醉了，不過我懷疑他是否眞是醉得含糊，因爲他說：喔，是你，哈哈哈，是你故意抱住我讓他踢一脚，恨！我早就想揍你了！

唉，如果我身邊有幾個人，我或許不會恐懼得那麼厲害，我甚至於會站在原地，冒著被亂揍幾拳的危險，冷靜的和他講道理。可是，附近半個人也沒有。我恐懼得要命，我回頭就跑；三兩步就跑過甲板，跳上通往船橋的階梯。他追著來，一把就抓住我一隻脚，使我全身癱軟的跌在梯上。我眞是嚇壞了，於是拚勁用另一隻脚，猛狠的踹他頸側。只這麼一下子，他就四脚朝天跌落在甲板。

這腳踢得很重，非常重；他艱苦的爬起來，沙啞的喊：好！好極了！你完蛋了！我要給你死，我要給你死！

他幾乎發瘋了，而我嚇瘋了，當他大吼一聲再度衝上來的時候，我早就跑回我的房間抓出那把刀子，那時候，呃，我不只因爲他的狂暴恐懼，而且因爲自己手上抓著刀子恐懼；我高聲的喊：上來！你上來！

我喊得很大聲，希望有人聽到了趕來勸架，此外，我恐懼得全身發抖，以至於聲音顫悚得非常恐怖，呵，看到刀子他回頭就跑，而且一口氣從船橋跳下甲板。

在甲板上，他抓起一支酒瓶敲碎瓶底向我扔來。瓶子飛過我頭上，把駕駛房的玻璃窗砸個稀爛。那陣破碎的聲響把我嚇壞了，我立刻往船後跑，希望躲個好地方，我想不起什麼好地方，而且嘈雜的海鷗的滿天聒噪，使我心慌意亂，於是我跳上碼頭，亡命的往別的船跑。

除了埋頭狂奔，我看不到什麼，想不到什麼，以至於跑了一段路才發覺，呵，他也在奔跑，跑在我前面；我是聽到他喊救命才發覺他跑在我前面。酒醉，他跑得踉蹌歪倒，而我，我跑得收不住脚。

呃，他跳到海裏去了。

說到這兒，我的朋友已經淚水盈眶。

我以爲他會嗚咽的哭起來，可是他眨了那滴淚就恢復平靜，然後又失了眼神去看船邊的海底。我想，我無法安慰他什麼，只能沉默的遙望我們幾次面對的水線。

現在，那條裸裎的水線對我來說，不再只是虛無的沉寂；在它後面的什麼地方，或許是天空的深邃的底層，什麼看不見的東西在翻攪，又像是一羣灰樸樸的海鷗在飛舞，以至於海水也湧起連綿不絕的波瀾，在船邊擁擠，使它劇烈的搖晃起來。

我悄悄的收起魚線。

當船頭轉向海岸的時候，我輕聲的說：「我們回去吧。」

沉默著，我的朋友抓起木划，用勁的在船邊划一下。

「你還好吧？」我說。

「嗯。」他說：「我覺得好些了。」

我們各坐兩舷，用勁的把小船划出寂靜的深海。

海水仍然飽漲，港道非常柔軟；木划和船尾掀起紊亂的波紋，在海面渲演浪漫。

「你希望——」我的朋友忽然說：「你希望這世界就是這樣嗎？」

「呵，當然不。」我說：「沒人會希望這樣的。」

我們用勁的把小船划過港道。

一會兒，我們終於穿過嬉笑著弄潮的人羣，把小船划進平靜的港灣。

——原載一九八一年五月十二日《中國時報》人間副刊
一九八一年《中國時報》文學獎小說推薦獎得獎作品

雪夜

在圖書館那個三樓的角落，螳螂已經泡了大半個晚上。他不喜歡這個綽號，到底螳螂是種古怪又醜惡的小昆蟲。不過這個綽號叫得很像，一百七十多公分高的瘦削身體，小小的臉上戴了一付大眼鏡，下巴短短的，一笑就露出門牙。讀完一個段落，他伸直背脊，把低垂的臉從書本上抬起來，望出黑暗的窗子。外面正在下雪：路燈的光暈中，細密的雪花飄得很紛亂，一會兒輕輕的斜左一會兒斜右，一會兒又有打旋的，而墨綠色的網球場已經被埋成一片雪白。圖書館內幾十部暖氣機在工作，室內很暖和，可是感恩節的緣故，沒幾個人在那兒——他附近就沒半個；寂寞的感覺使他心裏涼涼的。他再沒心情讀書了，雖然過完假日他必須繳一篇報告，而那篇報告還沒有個頭緒。他也沒有做任何事的情緒，所以只是發楞的坐在那裏，一會兒聽聽手錶發條的振動聲，一會兒聽聽日光燈裏的交流電聲。然後，他離開座位，走過幾排又長又寬又高的書架，把自己埋在其中的一個巷道裏，繼續翻找一些書。

「先生。」一個工讀的洋學生說：「要關門了。」

「什麼？」他抬起手腕看錶：「才十點鐘。」

「這是假日，對不起。」

「喔，是這樣。」他說：「謝謝。」

他的車子停在圖書館旁邊的停車場；有些車子走了，而雪花蓋了剩下的車子的外殼，一時他找不到自己那部一九六〇年的黑色福特車，就逐一的用手板掃下前車窗上的積雪。他的車窗玻璃有一小片蜘蛛網般的裂痕；找到車子，他先暖機，然後在等待的時間中繼續用手板掃掉車上的雪片。對於啓動這部老爺車，他總是很小心，所以還是在車內繼續等了幾分鐘。車內沒裝收音機和暖氣機，等在陰冷的黑暗中，他拍拍毛線帽和皮手套的雪花，然後又把它們戴好；他想，上次那個25%的月光大拍賣，沒去選購一件冬裝眞可惜。那次街上所有的店鋪全部大拍賣到晚上九點，他知道的時候已經過了時間。

他們一共是四個香港來的學生住在一起，那間租屋在麥廸生路和傑弗遜路的交角上，除了他們四個中國學生，還住了幾個洋學生。房子是在草地上的木造雙層樓，漆白，很寬敞很漂亮，不過他們只擁有樓下的一間屋子和半個厨房。樓上住的是一對同居的音樂系學生，他們成天放的古典音樂很叫他受不了；隔壁住的是兩個物理系的研究生，他們有一套很好的音響，所以也成天放音樂——熱門音樂。他不喜歡回家，那裏一點兒也不像家：大約十個榻榻米大的房間，只有一張木板釘的桌子做爲餐桌兼書桌；沒有床鋪，他們就地毯上打睡鋪。在那裏讀書自然是不可能了，所以他總是在圖書館讀書，讀到倦極才回去睡大覺。

十點鐘回去是太早了，根據他的經驗，他總是堅持倦極而睡的習慣，因爲每天清晨他必須六點起床去打工；他是失眠不得的。想了想，他把車子開往華盛頓路和杜布克路交點上的巴士站，看看是否能夠遇到幾個熟人。有幾個人在那裏：機械系的錢文彬、英文系的陳明道和一個生面孔的中國學生。把車子停在路旁，他探出窗口喊了一聲。巴士的鐘點未到，那些受凍的人如獲救星紛紛的跑出透明塑膠板的候車棚，擠進他的車子。

「好冷喔。」誰用廣東話說：「已經零下十二度了。」

「你的手怎麼了？」螳螂說：「滑倒的？」

「哼——」錢文彬說：「和一個台灣來的學生打架，打脫臼了。」

「哪一個？」

「就是上次在你那兒吃晚飯的那一個。」

「先說你們要去哪裏。」螳螂回頭望了車道。

「本來想回May Flower。」陳明道說：「現在既然有車子，找個地方吃消夜吧，在美國沒車子實在不行。」

「好啊。」說著，螳螂把車子開上馬路。

「他媽的！」錢文彬說：「他說我們香港一點也沒有文化，什麼文化？什麼中國文化，我Ｘ，他們台灣又剩下多少中國文化！」

「呵呵。」陳明道用英文說：「爲中國文化，中國人自己打了起來，呵呵呵。」

「你是剛來的嚒？」螳螂用普通話問那個陌生人。

「喔。」陳明道用英文說：「他叫王雅德，台灣來的，是中文系的研究生。」

「幸會。」螳螂說：「我叫林瑞祥，學化工的。」

這麼晚，市區中心的吃店都打烊了，他們跑一段遠路找一家便宜的義大利肉餅店；客滿，他們試了另一家，還是一樣。

「哼——」錢文彬用廣東話說：「愛荷華市太小了。」

「美國的晚上實在不好玩。」王雅德說：「在台北，這時候正熱鬧，街上的店鋪還開著，到處可找到吃的，看是要牛排西餐，或者烤鴨、麵食等等，像我們四個人，十來塊美金就可以擺一桌，有肉有菜有啤酒。」

「他說什麼？」錢文彬用英文問。

螳螂用英文回答錢文彬，然後又用普通話和王雅德說：「我們香港也一樣，到天亮都還有東西吃。」

拍了拍身上的雪花，他們又陸陸續續的擠進那部老爺車。

「你這車沒暖氣啊？」錢文彬用廣東話說。

「暖氣？」螳螂說：「這車才一百塊買的，我一個朋友轉到紐約大學去了，算是送的啦。」

「去哪裏？」陳明道用英文說：「到Disco喝啤酒跳舞如何？」

「Disco？」錢文彬說：「沒帶女孩，乾坐著會被人家笑話，去That Bar算了，那裏有欠×的女孩。」

「你怎麼知道？」螳螂說。

「我上次和幾個同學去過，裏面有幾個那種女孩，而且他們在厠所裏也發現了牆上貼的一張電話號碼，說是如果你需要，二十四小時都服務。」

「需要？呵！」陳明道說：「需要當然是需要，可是沒錢，嗯，應該像王雅德那樣，在中文系弄個助教獎學金。」

「That Bar在那一條路？」螳螂說：「East Market？」

「你在前面那條路右轉就是了。」

酒吧有個撞球台，兩部彈子機，一個吧台，將近十張酒桌和一個舞池。撞球間用木板隔牆隔開在靠街的那面；酒吧只有牆上間隔的點了幾盞燈，所以陰陰暗暗的浸淫在橘黃色的燈光裏，暗得幾乎看不清天花板。舞池在酒吧的角落，粉紅色的美術燈光籠罩著，看來較亮，兩相比較就像是個洞穴的出口。他們要了五塊錢一大杯的啤酒，分著喝。兩個男的洋學生，發楞的坐在他們的鄰桌；另一鄰桌坐著兩個乾抽煙的洋女孩。大家都在抽煙，音樂始終是瘋狂的迪士可音樂。那些黑人樂手高坐在舞池邊的一個高台上；彈吉他的，吹號的，打鼓的都狂亂的擺動著身體。那些色燈隨著鼓聲或鈸聲明滅不定，弄得酒吧內的氣氛很激動；跳舞的人羣都像醉了。

談話幾乎是不可能了，因此他們持續的抽煙抽煙，喝酒喝酒；一會兒這人的煙光了，再一會兒那人的煙也光了，酒吧裏面的確是有幾個找醉翁的女孩，她們成單成雙的坐著座位或吧台，很快的都被結成對子，陷進粉紅色的舞池。除了螳螂和王雅德，另兩個坐不住了，有時候也勉強做伴到舞池裏去跳幾曲，最後無聊了就去看人家撞球。

「你們學化工的不錯。」王雅德突然打破他們之間的沉默，大聲的說：「去年的調查結果，在美國搞化工的年薪有兩萬，機械的其次，而搞文史的才八千。」

「是啊，可是要拿個博士才行啊。」螳螂說：「你現在住哪裏？」

「May Flower，啊，好貴，每個月一百五。」

「是貴，不過住起來舒服啊。」

「沒辦法，我剛來找不到地方，住滿九個月再說……是的，必須打九個月的契約。」

「嗯，你們台灣來的學生，比我們香港的學生幸運多了，你們大都家裏有錢，要不然就是有獎學金，我們，屁啦，香港政府才不管我們呢！他們每年把大批大批在香港賺的錢弄回英國……嗯？喔，護照是British，不過註明了出生地香港，British什麼屁用！眞有困難了去英國領事館，他們才不管我們呢。」

「你的國語說得不錯。」

「哪裏，馬馬虎虎啦。」螳螂說：「我剛來的時候，也是和錢文彬那樣不會說，也不會聽——對了，你認不認識那個……咦，姓張，不過我一下子把他名字忘掉了，是英文系的，也住在May Flower，啊，就是和錢文彬打架的那個……對對對，我和他不熟啦，只是有一天在街上碰到他，他請我吃牛排問了一些學校的事，隔一天我請他去我那裏吃晚飯，一直就沒再見面了，怎麼樣？他好吧？我聽說他讀得很累。」

「當然累，他原來是搞中國文學的，來美國搞英美文學，搞得頭昏眼花，報告繳了被教授打下來，考試嘛爬不起床。」

「哈哈。」螳螂說：「他應該繼續搞中國文學才對，因爲我那一次聽他的英文並不行，哈哈，難怪會和錢文彬打起來，到底是怎麼回事？」

「是這樣，那天他在Eagle買了一條魚，燒得很不錯，請我和一個香港來的學生去喝啤酒，那天錢文彬剛好去May Flower看那個香港來的學生，所以也一起被請去，也不知道怎麼搞的，他們一開始就辯起來，越辯越激烈，然後錢文彬說了一句什麼毛澤東的鬼話，小張火了，一把抓起那條魚往錢文彬的臉上摔去，兩個人就打起來。」

「呵呵呵。」螳螂說：「太瘋了。」

「是啊，主要是小張給功課搞昏了，你想想看，我有時候去他房間，故意講幾個笑話逗他笑，他說他連笑都會頭痛。」

「唉，其實我們香港太小了，而且是海空的交通要道，沒辦法的啦，哪有辦法保持什麼中國文化，你們台灣來的學生，老是愛說我們香港人沒民族意識沒國家意識，其實我們有我們的困難，你想想看，鴉片戰爭以後我們割給英國了，而英國是殖民老手，他們懂得怎樣收拾我們的民族意識，太精了，比如說學校教育，他們要你讀許多死書，讓你沒時間想別的事，他們也不希望你把書唸好做個聰明人，他們實際上只想教出幾個乖乖聽話的公職人員，好為港督的政府做事，事情是很難找的啦！在香港，你想想看，每天醒來就在街上逛找工作，肚子餓著又沒房子，誰還會去想別的事？有一次，一個台灣來的學生也和我談這些事，我很討厭談這些事，所以我一向都悶著不說話，那次他越說越過分，我就說：好吧，我回去扔港督府一個土製炸彈，你願不願意陪我去！啊，眞累。」嘆了一口氣，螳螂又說：「我到美國來已經許多年了，我高中畢業就來，先是到賓夕法尼亞，我家很窮，我也沒什麼奬學金，只是因爲一個鄰居的親戚移民來美國開餐廳，我能在那裏打工，好了，明年我可以把M.S.Degree拿下來，然後接下去搞Doctor，搞完了我也許再去搞Research，然後就在這裏找個待遇好的工作，舒舒服服的過日子，當然，有時候我也會想回香港，可是香港的經濟好像是架在高空中的樓閣，一旦外資抽走了，它就會垮倒，前一陣子日本人、美國人和以色列人就幹過這種事，弄得股票市場好慘好慘，台灣𠰻我沒親戚也沒朋友，總覺得沒意思，而中國大陸𠰻，鬥爭鬥爭的，誰也不能眞正了解裏面的情況，又神秘又恐怖，呵呵，還是在美國好。」

「你現在在哪裏打工？」

「在醫院淸垃圾。」穿上外衣，戴好手套，螳螂說：「沒辦法，挑糞我也得去啊。」

「哪天我請你到外面吃個飯。」

「好啊，我也想請你吃飯，我燒得一手好菜，這裏的學生以前常常到我那裏吃飯，不行啦，吃久了我受不了啊，不過我眞心想請你吃一次飯，你的電話是多少？」螳螂掏出原子筆，在小本子上寫著：「3380701，好，我過幾天打電話給你。」

送完這些朋友回公寓，螳螂回自己家洗了一個熱水澡。熱水和室內的暖氣使他覺得舒服許多。不過，假日的氣氛弄得他的三個室友很興奮，這種氣氛也總是在星期五晚上開始的週末發生。他們其中的一個正在翻看Playboy裏面的裸體女郎，而另兩個談著一個新來的台灣女孩。

「是啊，上個禮拜她到查經班來了。」其中一個說：「看起來很純。」

「我聽說已經有很多人在排隊了。」

「那些人？」

「台灣來的那個搞經算的，機械系的劉大斌，還有……記不起來了。」

「還有你！」

「呵呵呵，你怎麼知道？」

「我怎麼不知道？狗屎，搞經算那個戴眼鏡的，好像每年有新來的女孩，他都搶著去排第一。」

「那當然，他那部1977年的龐廸卡爲他佔了許多便宜，可惜他長得太醜太醜了，醜得人家連同胞愛都發揮不來哩。」

聽到這裏，螳螂就沒興趣聽下去，而且絲毫不對那個新來的女孩好奇，所以沒興趣，因爲他覺得這些話無聊，所以不好奇，因爲他自覺他對她們每一個都清楚，好像她們是透明的玻璃製品。有一陣子，他勤快的參加任何一次的中國同學聚會，任何一次的香港同學聚會，甚至於每週五晚上中國同學在體育中心的各種球戲，或者每週六的基督徒查經團聚。每次回來，他都會對在那兒所遇見的女孩發生奇想。最後，他覺悟了，無論是所謂純的或雜的，都一樣，在她們這樣二十五、六的年紀已經難能少女那樣天眞了。又因爲她們把最鮮嫩的青春花費在書本裏鑽研，大約是憾意的補償心理，她們以極功利的觀點去選擇對象：好像她們之中最討人喜愛的，和一個美國學生同居了，或者那個可愛的會寫詩的女孩，嫁給在醫院工作的醜八怪醫生了。事實上，他自己也變成這樣一個簡單的人物，雖然有時候還能極衝動的反應別人的溫情。他自己對這一切那樣了悟，所以這樣想：這裏面絲毫沒有批判的心理，不過是複習一項事實。

「螳螂，」誰問：「你認爲如何？」

他沒回答，他睡著了。

——一九七八年十月美國愛荷華大學國際作家工作室

一九七九年三月一日《中外文學》第七卷第十期

老鼠

床鋪底下有一陣細碎的騷鬧聲，百文探出被窩立即扭亮夾在床板上的鎢絲燈。片刻的安靜後，更加躁烈的爪爬聲在脚那頭的床下響起；它在那裏持續地掙扎著。他的聽覺尚未覺醒得足夠判斷距離的遠近和方位，所以手上抓的皮帶無處下手。牠幾乎是從衣橱和隔牆間的縫隙飛出來——跳上他在牆上吊的風衣袖子，沿著爬上隔牆頂的木條；然後急速地跑過那條空中小道，在牽連窗格子的那一頭溜得無影無踪。

這是他們之間的第一次會面，這以前，牠一共大大方方的啃食了他五條香腸、三個生雞蛋、幾片牛肉乾、一條紅蘿蔔……最令他氣憤的是，牠咬破了一個大行李箱。當然，數目不是這樣完整，不過那是牠的計劃；如果這麼說沒錯，牠一定是想每夜來把所有的東西統統吃了。最早，牠是在一角香皀上表示牠的存在，而敗露踪跡。如果牠的胃口只對這些東西，或者舊書報紙啦、桌椅啦，他倒是不記恨；因爲前者是廉價和無用的東西，後者是房東的東西。他所以無法對牠忍受，在於牠第二次就想探看他那個大皮箱的內容。那個禮拜天的早上，他做的第一件事就是去買一個捕鼠籠。輾轉了兩家街上的店鋪，他按人家的指引，才在市場裏一家舊式的雜貨店找到。白髮打髻的老板娘試了幾次彈簧，保證它很管用；他也相信如此。他特地爲牠買了一片三明治，那個晚上牠進去嚙了幾口卻沒發生什麼事；對於這種籠子，牠幾乎比他內行。跡象也顯示如此，所以牠不再冒險，而他自己也厭煩去處理每次掛上鈎子多日而發霉的食物。這樣的情況下，他所能做的只是，把木板隔牆和面街開窗那道水泥牆交角上的細縫用厚紙糊起來。他想，他們之間再不會有任何糾葛了，直到這個時候。

他打開屋頂頂壁吊的日光燈，察看桌上擺的晚餐剩菜，沒有太顯明的異樣，不過，天知道，牠是否輕酌淺嚐過了——說不定牠這些天都爬牆進來，幹過這樣的好事，而他還迷迷糊糊的自以爲那牆縫貼補得毫無瑕疵。現在，他明白人家爲什麼說老鼠會爬牆了——只要牆上有利爪能夠攀附的木條、板築，或其他東西，無論它是塑膠板牆、水泥牆或大理石牆，牠就能無處不去。所以，他把木脚桌上擺的剩菜和水果移到鐵脚架的椅面，又把椅子搬到房內空地的中心處，才再鑽進被窩。他亮著床頭那只半圓鐵碗罩的燈泡睡，因爲據說老鼠怕光，可是他自己也沒能好睡；雖然半邊裸露的燈泡近大半面是被按向床底，使得他附近的光線是柔和的朦朧。總之，在他再度沉睡之前，他曾經兩次或三次睜過疲憊不堪的睡眼——那時，他看到牠試探的在隔牆上溜一趟，或者只是把牠可憐的小腦袋探出隔牆小心觀望。每次，他都厭惡得想跳起身來對牠揮拳咆哮，可是累得只能輕微地移移手臂表明自己的醒覺；這也足夠了。

無論早睡或晚睡，他通常是在早上七點多，就被連續不停的車聲吵醒；尤其是那種超載乘客的公共汽車所發出來的嘈雜聲。這些噪音、喇叭聲和滾動的車輪，交加的在牆壁上和它所封閉的空間，產生強烈的震盪。瞥一眼灰白色的窗玻璃，他伸手抓了枕邊的小旅行鬧鐘看，又打開調頻收音機接收警察廣播電台的「空中早會」（新聞提要加上隨時的時間播報），然後探身到床外提起電熱水壺往電鍋裏倒水——總是這樣，在等冷飯蒸熱的時候，他又蜷身藏進溫暖的被窩，直到必須認眞考慮公司那架打卡機分秒必爭的威脅。

他用房間裏的電爐煎了一個半熟的荷包蛋，又加了一角豆腐乳把那些剩的飯菜吃完。餐後，他把碗盤放進電鍋的內鍋拿到厨房的水槽邊浸水；因爲那些鍋粑，他總是下班後才洗它們。上班之前，他習慣的拆除了瓦斯爐和瓦斯筒的管線，以防別的房客盜用；在仔細的數日觀察後，他曾經發現這種事。他的公司在南京東路，早先他一直搭21路或22路的欣欣巴士，但是這兩路車在這段時間經常客滿，使他遲到，所以他最近都走一小段路到三張犂搭33路公車或指南客運。他寧願擠指南客運，像欣欣那兩路車一樣，當他和女孩子們摩肩擦踵或貼身搖搮的時候，他總是覺得很快活。

這是個雨天，標準的冬季中那種陰溼又寒冷的天氣。他去洗臉的時候，望出窗口才發現。今年的冬天大都是燠熱的，怪異得不比夏天涼；上一次下大雨是好多個禮拜前了。他忘了雨傘放在哪裏，那需要一些時間才能找到，所以他穿了一件風衣就匆匆忙忙跑下樓。大半以上的路程他躲人家或公司行號的騎樓走，好在雨下得並不怎麼密集，他並沒淋多少雨，不過縫漏的皮鞋使他的左脚溼黏得很不好受，他一路想，他趕到公司的第一件事就是躲進厠所，拿衛生紙將脚趾頭擦乾淨；擦完了脚，他要把襪子擰乾，他希望用它兩下就能弄得八分乾。想到離心力這樣的現象，他覺得有趣，禁不住就呵呵笑了兩聲。此外，他也想，他應該在鞋裏墊幾張衛生紙（唉，眞暖和），尤其應該墊一張塑膠紙；這是他童年淋雨上學，在漏底的布鞋裏幹的妙事，想起這點，他反而笑不出來了。

往日，人們都是散亂的擠在車牌下，今天，很奇怪，大家沿著路邊打傘排隊（可是，隊伍的排頭那一小段超過了車牌），爲了有位子坐；他拿牛皮紙袋遮雨，排在一個女孩子後頭。他希望隨後會來一位男士，而且會慈善的分他傘遮，可是來的是女孩；他只好希望車子趕快來。車子始終不來，雨卻越下越緊，他不得不跑開。當他躲到騎樓下，拿手帕擦頭髮的時候，忽然整齊有序的候車隊伍從中間彎折向人行道下的路邊，而兩翼的人也立刻就朝那個折區蜂擁擠去。車子停下來的，人們已經收了傘擠得一團糟，毫不考慮的，他選了最近的距離跟在一個兇暴的老頭子後面向車門擠去。沒能搶到靠近前門的座位，他就近坐在後門附近，以便下車。在他身旁坐著一個西裝筆挺的年輕人，而他面前站著一個衣著摩登的小姐；她板著生氣的臉，不時以輕蔑的眼神瞄那個年輕人。當車子經過國有財產局的時候，她忽然發脾氣了。

「下次請你坐車不要插隊！」她說。

「啊？」年輕人說：「妳說誰？」

「你啊！還有誰！人家隊伍原來排得好好的！」

「他媽的！妳少放屁！隊伍哪裏排得好好的？妳沒搶到位子就說別人插隊，笑話！笑話！眞是笑話！」

「你才他媽的！你講話可要小心啊！你憑什麼動口就罵人，告訴你，我是便衣女警！你說話再不客氣，我可要把帕斯亮出來了。」

「亮吧！亮吧！」年輕人站起來，威脅地說：「我怕妳嗎？我可是調查局的人喔！」

「不要臉！死相！自己插隊了還不承認！」

「好了好了。」一個年長的男士勸著說：「算了算了，這一點小事何必嘛。」

「是的，又不是我的錯。」年輕人說：「根本就沒有人排隊，說句笑話，台北市哪一個人坐車排隊的？」

「是是是是，吵過就算了。」勸架的人說：「吵過就算了。」

白了對方一眼，那位小姐轉過身去望著另一面的窗子站，車箱內就恢復原來單調的引擎噪音，和不時的車掌的哨令，於是他心中的焦慮再度火辣辣地煎熬起來。一輛輛摩托車和轎車在窗外來來去去，望著，他在心裏讚嘆著：那多好，不但不必爲慢分或脫班的公車心驚肉跳，還可以多睡個片刻，一輛輛滿載的公車在窗外來來去去，望著，他在心裏埋怨著：是否那個林洋港市長曾經在公車和市民間，這件極重要的事情上，撥出過兩、三個腦細胞；是否公車因爲不足數，必須大圈大圈的在街巷中繞。無論如何，他仍然必須在下車後趕步子；這樣不擇步的奔走，他的鞋子幾乎灌滿了路上的積水。

他幾乎沒有時間去照顧那雙溼冷的脚，因爲主管要他在早上設計並完成一件廣告稿，宣傳一種類似舒潔的衛生紙。那位先生只給他一紙盒那種香噴噴又軟綿綿的紙，也只交代是登在雜誌封面內頁的廣告。那位先生不是一個親切的人；學乖了，他來此工作的第二天就不敢再問細節。其實，即使問個大略的構想或方針都會受白眼和冷語。他把白報紙在桌上放好，先點了煙——一開始，他就這麼個抽煙喝茶中絞腦汁，然後才動手打草稿。辦公室的人都在埋頭苦幹，費神的工作，所以沒人聊天或談笑，有的只是突然的咳嗽（煙抽太多了）或清痰，還有大樓下南京東路上來來往往的不停的車聲。有一陣子，他對他的工作很不耐煩，而且覺得很可笑，好比：如果在那陣子接到這件工作，他就會在衛生紙這樣的芝蔴小事，嘲笑或埋怨人們把生活搞得太奢侈太複雜。如今，他再不做這樣無可奈何的思慮，因為他也接受了這套觀念的價值。所以，他只單純的想——假設自己就是這樣一個奢侈的消費者，那麼，他會在什麼樣的文字和圖畫中被說動。他把衛生紙可能被使用的範圍列記出來：擤鼻涕、揩手、擦東西、大便；女孩子們小便、月經；餐廳供給顧客的清潔用紙；那一個標新立異或發瘋的畫家——哈哈……然後，他揣摩那位主管的習癖，這點是最重要的，不過這次可不能把那位主管的喜惡考慮進去，因為結果會把廣告的傳播效用大大減低。再三考慮，他終於結束了全部的構想。

「李先生。」他囁囁嚅嚅的說：「這樣可以吧？」

「這不行。」那位先生拿紅蠟筆在草稿紙上塗圓畫叉著說：「我的意思……重點要放在，呃，你不能把重點只放在女孩——」

「是這樣的，李先生，這種紙只有對女孩——我的想法是，我粗略算了十四歲到四十五歲的女人在一千六百萬的人口中佔了——」

「嗐！男孩你怎麼不考慮進去！」

「男孩？」他想：「他媽的！男孩會用這種紙擦屁股，呵，也許也許，呵呵。」他說：「喔，是的是的，也許他們買去打手槍，呵呵。」

「對！就是這個！」

他又開始抽煙喝茶，不過這次他沒認眞的想這廣告設計，是的，他想好了在文字的措詞上弄花樣，也想好除了那些青春活潑的少女圖樣外，再畫上一家餐廳或飯店那種熱鬧豪華的場面。不過，暫且他要把它擱下來，反正趕時間嘛，及時弄完就行。他望著那張草稿紙，想著額外的工作，自己的工作，那是他的同學要他畫的室內設計圖。時間差不多了，他把公司要的廣告稿趕完，不過，在那位主管完全滿意之前，他又改了兩次，因此，他的午飯時間遲了半個鐘頭。這個他已經習慣了，而且他寧願這樣改兩次，也不願提早交稿時必須改三次或者四次，而休息的時間仍然被誤了半個鐘頭。

他到巷子裏的麵攤吃麵，因爲那比廉價的自助餐更便宜。匆忙的塞了肚子，他趕回到辦公室午睡，他總是趴上桌子就能酣然大睡，睡到下午班的時刻或者血管長期阻塞而痲了大腿。他眞希望有那種軟墊子的椅子，或者自己能加上一塊軟墊，可是只有主管才能有那樣的椅子和坐法，據說椅子的高度也不能自己隨意調整，有人因爲那樣被炒了魷魚。

下午的時間通常好過一點，因爲老板和主管老爺們通常來得遲。天氣很冷，醒來，他立刻感覺那雙僵凍的脚，所以溜到厠所，照他一向的方法處理鞋子。坐上馬桶，他忽然有大便的意思，這才想起兩天沒大便了。爲了健康著想（最近，他發覺自己的身體越來越不行），他曾經計劃每天清晨大它一便，如書上說的：那時候大腸會習慣性的蠕動。天知道他這一項天賜的生理功能是否長期不使用而退化了，而且他總是爬不起床。他拚了一陣子勁，才能把那一堆糞給擠出來，這下子他真是精神抖擻了，可是想起今晚要交稿——那張室內設計圖，他立刻又煩惱得疲倦。

下午的工作是爲一家貿易公司做產品的樣本，因爲主管們開會，他偷空趕那張室內設計圖。爲了求快，他翻了一本洋書抄，他知道昧著良心全盤抄會比較省事，不過，他喜歡在畫那些房間的構圖時把自己的願望加進去。他畫得那樣的好，以至於時常幻想他能即刻擁有那樣美侖美奐的房間。他得意地寫下這樣的搶眼標題文字：「創造完美的家具飾品是達美家飾設計公司努力以赴的理想」。然後寫下隨後幾行補充的小字：「精選高級材料——以新穎創意設計的達美家具飾品，不僅完美實用、華麗大方，尤其獨特造型、不凡風格——達美家飾就是高貴家飾。爲進一步提供完美的服務，達美家飾設計公司特於全省各地分設經銷處，歡迎就近前往參觀選購。」歡迎個屁！他想，照自己那種收入，他得勒緊皮帶五十年才會受歡迎，可是五十年後，天知道他存下來的那些錢是否又不夠格去受歡迎。這樣想，他不由自主地抬起頭來望出窗子——街那邊的住宅大樓已經做完了最後的牆面粉飾，而且正在掛招買的廣告牌——

「林先生，電話。」一位小姐說。他把香煙擱上煙灰缸，趕忙走過去。

「喂。」他接了電話說：「我就是……喔，興達，你今天的聲音不像，怎麼搞的？感冒吃康德六百不錯，我也是他媽的A1才好，……是的，是的，我晚上七點以前可以完稿，他媽的，如果不是感冒我前天就可以趕完……放心，我絕對——那好啊，呵呵，那當然，老規矩，你什麼時候能夠給我？今晚？呃……好。」他放輕聲音說：「今天下午，我們這裏的大頭都出去開會了，我把你那張設計圖趕一趕，……是啊，他媽的，誰給誰客氣……」呵呵笑了幾聲，他又恢復原先的聲量說：「我看你的感冒很嚴重，我那次也是很嚴重，我洗了一個熱水澡，喝兩杯熱牛奶……是啊，自己煮開水沖的，就是奶粉沖的，對，然後多喝了一些開水，又吃了兩個柳丁……當然睡覺啊，呵呵，死了倒沒關係，病可不能生，好了好了，不蓋了，要幹活了，六點半以前你再打電話過來，或者先到榕榕園等……誰？羅振國，喔，他媽的，這小子好久沒連絡了，他現在在哪裏得意？喔，喔，呵呵，是的是的，大家好久沒相聚了……ok,by了。」

又接了一張設計稿的鼓勵對他來說，是相當強的安慰，雖然那筆酬金不多。無論如何，有總比無好；何況不整日工作的話，他眞不知道日子該如何打發。總之，整個下午他工作得很帶勁。現在，下班的人早就走光了。他拿橡皮擦把完稿紙的空白地方擦得一塵不染，然後點一根煙等電話。想到馬上有一筆錢領又有一份外快做，他興奮得想去買一包煙（他身上的煙只剩兩支）。他這個輕鬆的念頭只在心裏浮現了一秒鐘，隨即精打細算的想到，四個人在一起閒聊不要一會兒就會把整包煙抽完，那樣他就會平白去了十六元。本來他並不這麼小氣，何況對於興達他更是應該頻頻上煙如燒香拜佛；只因爲他知道待會兒的聚餐，加了兩個外人（雖然是朋友，卻沒利益上的關係），如果付錢的是他——喔，老天，他希望電話不會來，那表示他們會先去榕榕園。他試著想像他那三個朋友如何走進那家餐廳，如何點飲料（在他還沒去時，他們當然不敢點食物），又是誰付錢。這一點，他反而心驚肉跳而坐立不安，因爲模糊的記憶裏那家餐廳是客人離開時才清賬。想到這兒，他匆匆忙忙收了桌上的紙稿，熄了燈關了門，一口氣跑下四段階梯，又喊了計程車趕去。

像他那樣裝扮整潔，服飾又不差的人眞像時常搭計程車的身份，那種走到路邊就毫不猶豫招攔計程車的人。不過，迫不得已之外他從來不搭計程車，因爲除了破財之痛，他還會在舒適的幻覺中感覺自己不得志的悲哀；第二點是最可怕的。雨仍然下著，溼染在窗玻璃上的灰暗馬路和來來去去的暖色調的霓虹燈彩，使他覺得格外寒冷。他想，他應該做一套西裝或者添一件厚的夾克。這樣想，他就爲自己僅有隔日換穿的兩套衣服難過起來。那兩套衣服，共是一件暗黃色和深綠色的毛衣，一件紅咖啡色和飽藍色的毛背心，一件白襯衫和一件淺藍襯衫，一條紅白黑三色條紋間隔的領帶和另一條粉藍底白丹點，一條可可色底打深咖啡色線格的毛料西裝褲和另一條黑色的薄毛西裝褲。他把它們輪流交配著換著穿，勉勉強強還算體面。春、夏天他倒是有較多的服色，因此他希望冬天趕快結束——在這個願望中，他感覺冬天眞是使人覺得淒涼。

那家餐廳沒開門，看樣子今晚好像不營業，門外也沒找到他的朋友。他很失望，而且害怕他們因此將在飯館吃飯，那會是較不合算的。他眞希望自己在附近熟悉的別家餐廳，當然是物美價廉的，可是除了榕榕園他和興達來過一次，他哪裏也沒去過；爲這件事，他焦慮得眞想找藉口開溜。

「小林！」

「咦，他媽的，好久不見了。」他和他們懇摯地握手。

「今晚這家怎麼不開門？」興達望著深鎖的店門說：「我們找一家韓國烤肉店吧。」

「找一家安靜的餐廳好談話。」他說：「快餐乾乾淨淨的吃起來多舒服。」

「快餐不好吃。」興達說：「一點也不好吃，我們去吃烤肉，弄個火鍋多暖和。」

「好吧，你們覺得如何？」

「隨便吧。」另兩個人說。

他們嘻嘻哈哈的談笑，快樂融融的就像讀書時住在一起的時候。起先他對他們那樣痛快的拚酒很痛心，最後，在痛定思痛的覺悟下，也豪放的大杯飲酒大塊吃肉起來。他想，這樣吃出一大筆錢來，大家總不好意思要他獨資付錢吧。

「再來乾一杯！」他說。

「呵呵，要把這筆錢喝乾嗎？」興達說。

「隨便。」他說不出應付的話，只好硬著頭皮說：「看大家的意思。」

「幹！」羅振國說：「好狠心的興達，我要做個公道，這個火鍋可是你叫的喔，酒錢我付。」

「是啦！」王隆生說：「大家都窮啦！小林你畫這張設計圖拿多少？」

「兩千。」百文說：「淨拿一千五，五百是興達的砍米損。」

「幹你娘！興達。」羅振國說：「同學你也來這套。」

「呵呵。」興達說：「就是同學才拿給自己人做，這叫做肥水不流外人田，有錢大家賺，怎麼樣？你要不要也搞些去做？」

「不幹！」羅振國說：「我是只想活四十歲的人，呵呵，其實我很想幹，可是想想那一點錢能幹什麼？我現在已經想通了，除了墮落，我們根本沒希望解決生活的問題。」

這一說，大家都點起煙沉悶的抽起來。

「說說看，小林，我聽說你現在狠狠的在幹，忙得像一條狗那樣過日子。」羅振國繼續說：「那有什麼意思？」

「呵呵，是他媽的像狗。」百文說：「該結婚了，快三十啦。」

「結個屁，你看看隆生過的什麼日子，他每天幫他老婆洗襪子，奶罩三角褲，呵呵，畫洗衣機設計圖的人用洗衣板洗衣服。」

「是啊，他媽的鳥蛋。」隆生說：「眞荒謬。」

「振國啊。」百文問：「你眞是在幹油漆工人？」

「是啊，做工人單純，而且不見得沒搞頭。」羅振頭說：「我一天拿三百，一個月是九千，我存兩千，一千付房租，我不要什麼三房兩廳的，一個房間一張床鋪就行了，其他六千元就吃喝玩樂，跟那些老板生活得差不多。」

「呵呵。」隆生說：「你太悲觀了。」

「我才樂觀呢！你們誰比我活得快樂？老實說，我現在和我馬子同居，她在郵局工作，我們不生孩子——唉，其實我說的墮落並不是你們想的那種丟人的事，你們要知道，我也是爲整個社會著想，你們看我父親，他根本就不應該生孩子，窮人根本就不應該生孩子，那麼多孩子幹什麼？教育發生問題，糧食發生問題，交通發生問題，這些問題一搞政治也發生問題，什麼都發生問題——我可沒有對我們的富人階級表示抗意，我明白老板賺越多錢對我來說越有生活保障，想想看，如果老板不肥不胖，倒了，我們下面的人莫說加薪，連個本也沒有了……呵呵，你說的人的尊嚴完全是主觀又無用的觀念。」

「幹！」興達說：「你這樣生活哪像個人？」

「咦，我不這樣生活的話我才會不像人，鳥蛋，虧你還在搞建築，我們就以空間來說，籠統的說全人類是生活在同一個空間，可是你要知道，這個大空間又分爲許多性質完全不同的小空間，每個小空間裏有特定性質的人，那麼我——」

「我個屁！我！你就是把空間的觀念搞得太複雜了。」興達轉向百文和隆生說：「他媽的，你們知道他怎麼離開公司？我們老板要他設計一棟大廈，他設計好了，得意忘形，老板要他改掉一些地方，他不肯，他堅持什麼建築是一門藝術，狗屁！什麼藝術！生活就是這樣，上面叫你改你就改，那才是藝術。」

「呵呵，狗的藝術。」羅振國說：「喝酒喝酒喝酒。」

「說眞的，小羅，我敎你一點印刷的技術，有機會我推薦你來我們公司。」隆生說：「懂印刷的話，像你畫那一手好畫，點子又多，廣告公司絕對要你的——在廣告公司做事有一個訣竅，做鬼，廣告鬼，錢鬼，東兼一下，西兼一下，身體行的話，闖他一塊五的大關沒問題，還有一個訣竅，當你幹了一陣子後，你可以嚷辭職，不過你得要先找到一家公司做後路，如果老板要留你，可以，一句話——加薪，如果老板要重用你一定挽留你，如果不重用你，呵，你早也該走了。」

「你是不是從書上看的？」百文說：「我看過這樣的一個故事，有一個能幹的人辭職了，可是再次填申請單要補自己放棄的空缺，而把薪水要求提高二十爬先特，結果老板給他提高了三十爬先特。」

「唉，那是美國，在我們這裏一個爬先特也免談。」羅振國說：「我們這裏人太多了你不做別人要做。」

「是的，人太多了，沒辦法。」

「是啊，這就是中國的問題，所以百分之百走資本主義的路線多賺別國的鈔票沒錯，我眞的這樣看法，我只希望老板們富到相當程度的時候，能把玩女人的錢、買別墅的錢、買新汽車的錢、養壞他的千金和寶貝們的錢賞我一些——幹你娘！今晚醉了。」

「呵呵，也差不多杯盤狼藉了。」隆生說：「該走了，要回家抱老婆了。」

羅振國的堅持下，這餐飯錢四個人分攤了。百文在僥倖之餘覺得很遺憾，他眞希望自己富裕得能夠時常請朋友們吃飯喝酒，因爲當大家在十字路口散羣的時候，他發覺自己很孤獨，別人很孤獨，而羣聚的場合裏彼此可以共同解決一部分或大部分。他這種慷慨激昂的情緒也是無法在心裏待久，當巴士來的時候，在那些冷漠的陌生人中他又專心去想腋下夾的設計草案。無論如何，這也是他唯一能夠樂以解憂的事，而且興達要他兩天之內趕完這張圖。

下車的時候，他在租居附近的雜貨店買了一包煙兩包統一肉燥麵。好多天沒洗澡了，他想痛痛快快的洗一場，可是吃了麵後飽脹的倦怠和酒氣使他昏昏欲睡。

他並沒睡得舒暢，因爲那隻老鼠——牠先是在牆角探了探那個三角錐形的小腦袋，然後跑上木板隔牆沿著木樑溜下來，他恍恍惚惚的以爲是在夢中，直到牠從桌脚爬上桌子咬他留做早餐的那包肉燥麵，他氣憤的隨手抓起枕頭去扔牠而把自己弄醒了。他看看錶，三點不到。他望望窗玻璃，除了一點點銀灰色的街燈反映外，是大片的沉滯的黑夜。

——原載一九七八年三月一日《中外文學》第六卷第十期

大火

當某些人家的老掛鐘陸陸續續敲三下的時候，斜在西天的殘月，就跌進叢集的高樓後面。天上看不到半點星光，那樣陰沉，因此一道熊熊烈烈的火焰突然從黑暗的樓房屋頂間冒起來，便顯得格外驚人；無論如何，這是深夜，而附近的居民幾乎都安詳的不知覺的在夢鄉沉睡……

小三的父親是個屬於那種工廠雇用領固定薪水的木匠；他的薪水只夠一家五口生活。小三的母親時常想去做工，或者做些雜事貼補家用，可是她的身體太單薄。爲了他們三兄弟的學費，小三的父親必須時常加夜班，或者在鄰閭間找木匠的活兒賺外快，無論他如何拚命，他們總是寅吃卯糧、捉襟見肘，而且債台漸漸高築了起來。

小三的大哥終於把大學唸完而且服完兵役；他才退伍幾天，司法部的調查局就通知他去報到——他考取了。那是個炎熱的夏天午後，當他從台北回家的時候，全身大汗冒個不停。父親好意的說：「老大，爲什麼不到海邊沖個涼啊？」

大哥並不喜歡游泳，他只想在樹下乘乘涼；因爲小三的慫恿，他到底去了。

他們結結實實的游了一趟，從海邊的小島游出外海，等沒島嶼了他們就又游了回來，躺在海灘上休息。海灘上有許多人，在他們附近就有兩打以上的高中學生，有幾個是大專聯考剛考完的，大概是考得不好，怨東嘆西的。大哥的心情很好，從來不曾有過的好；想想看，他們家的窘境總算撥雲見日了，想想看，他是如何苦學出來的。小三的心情也很好，因爲他剛考完台北的高中聯考，考得很順手。休息了一會兒，大哥說要回家整理行裝；小三一陣暢游游膩了，也不想在炙熱的沙灘上曬太陽。

他們換好衣服正要回家，忽然一個高中學生和一個小孩鬥起口角。小孩不過十五、六歲大，和小三差不多年紀，可是言行全都像個老流氓的氣勢，咄咄逼人。那個高中學生忍不住甩他一個耳光，不料小孩竟從口袋裏掏出一把刀子，彈出明晃晃的刀刃。那個高中學生嚇壞了，趕忙跑到小三的大哥背後躲著。

「小兄弟。」大哥和顏悅色的勸說：「唉，動刀子不好玩啦，萬一——」

「他媽的，管你什麼事，你以爲個子高身體魁嗎？」小孩凶惡的揚了揚刀子，暴戾的說：「給我讓開！要不然你也倒楣。」

大哥看著沒趣，很想讓開，可是那個高中學生總是緊跟著他，躲在他背後，或是繞著他團團轉——沒有人看淸楚事情是如何發生的，總之，在混亂中那小孩失了手，一刀插進大哥的後腰。

小三的大哥就這樣死了，這件傷心的慘事同時愁壞了他們的父親，而家境的突然變壞，小三自己，甚至於他父親也無法堅持自己的想法；他父親一向主張他們把大學唸完的，但如今也不可能了。因此，小三到台北來並非金榜題名（他寧願名落孫山），而是來謀活口的；他曾經在八德路做牛肉餡餅店的學徒，老板和老板娘是一對無子的老夫婦，待他不薄，所以兩年間他在那兒吃得又肥又壯，又因爲他的皮膚略暗，臉上還長一點胳肥鬍，十七、八歲已經看像二十五、六。生意不好，那家餅店沒有撐下去。想了想，小三在街邊的廣告板上找到一家要人手的小鐵工廠，幹的又是學徒，他便就近住在文昌街。

那是一棟三層的樓房，樓下是女子美容院，二、三樓隔成十幾個小房間分租給學生和工人。小三住在三樓。起先他和一位同事合住，兩個人下班後有時候一塊去看電影，有時候一塊去街邊夜市的食攤吃宵夜，談天說笑，日子過得還好。後來，那位同事當兵去了，剩得他孤伶伶的一個，下了班，他有時候仍然去看電影或吃宵夜，可是總覺得生活中缺少什麼。

他的工作很簡單，只是整日站在旁邊看守一台牛頭鉋床；機器是自動的，他只需把鐵塊夾在機座上的大鐵鉗，然後開動機器任憑鉋刀把鐵面削平就成了。太簡單的工作，日久他就厭煩了，上班對他來說固然是件苦事，下班其實也好不到哪裏。有一陣子他所能期待的，只是週末；每個週末他都回家。那時候，他母親必定會爲他煮一點肉做碗好湯，可是餐桌上還是光景淒涼。在家鄉，遇到昔日同窗總有相形見絀之感，由於忍受不了那悲哀，於是東找藉口西說加班，他漸漸就不回家了，只在月底寄回剩餘的薪水。當他開始這麼做之後，每次總是把寄回家的薪水湊成最接近封套上寫的原來金額的大整數。這樣，他幾乎是處在挨餓的狀態。沒人要他這樣做，是他自願的。他是個好孩子。然而，他並不完全像那些懵懵懂懂的好孩子，逆來順受毫無相反意見，偶有哀嘆之情也只責於命運。他對自己的命運有極大的反抗意識，可是他只是一個國中畢業的小孩，他的思慮無法昇華出抽象意境，因此他的反抗意識便結結實實的針對了可觸及的周遭。而高大結實的身材，又使他的抗意飽含隨時可能爆炸的憤怒。

在那層頂樓，他租的是最小的房間，位置在陽台的一端，一間厠所和浴室相連的儲藏室；小得幾乎只能擺一張木板床。因爲上厠所和洗澡的人來來往往，他總是關緊房門，有時爲了太氣悶的緣故，他時常擺一張高脚的小圓凳，坐在陽台上的牆垣邊，觀望下面巷道中來來去去的人們，或者瀏覽對樓人家的門窗。他是這樣一個沉悶又怪誕的傢伙，同層樓的房客沒有和他打過招呼，他也沒曾——幾乎從來就沒有這個念頭：想去認識誰。而且，這些房客搬來搬去，誰也不知道是什麼時候，從哪裏來哪裏去。

不過，這一陣子即使他不想知道，他也非得知道搬來了什麼房客。他的隔壁擠住了五個年輕的泥水工，從他們的言談和戲鬧，他知道他們和他一樣還是未成年的孩子。他的對面還擠住了三個或四個在非法營業的咖啡廳工作的女孩。每天晚上八、九點以後，這些泥水工大聲的放熱門音樂、流行歌曲，或者喧喧嚷嚷的摔角嬉鬧，弄得木板床和板壁碰然作響，他們常常這樣子鬧到半夜，酒醉的時候更瘋癲，而那些女孩，如果沒去陪客宿夜，晚上一、二點回來，醉的和沒醉的，都三三八八的大聲爭辯或者蜚短流長個不停。這些人把他煩死了，再加上隨時的來自浴室和厠所的喧嘩水聲，他總是不得好睡。

房東不住這裏，沒人管，房客們受不了，陸陸續續都搬走了；小三也時常想搬走，可是怕找不到這麼廉價的小房間，他能希望的只是再幹一陣子，等老板給他加薪。至於對這些亂七八糟的惡鄰，他是又恨又怕，因爲那些留長頭髮的工人勢衆人多，而妓女們總是和一些危險人物在一塊。事實也是如此，曾經有一次，實在忍耐不住，他使勁的隔牆對他們大吼，所得到的回應只是瞬間的安靜，然後依然如故；到了第二天早上他發覺擺在門外的拖鞋丟了一隻。一連好多天，他希望這隻拖鞋能夠回來，誰知道不但遺失的那隻毫無訊息，第二隻又給不聲不響的弄走。爲了這雙拖鞋他懊惱好多天，雖然它們只值十元。他沒買新的拖鞋，一心想找它回來，甚至於冒險爬進他們和她們的房間，但是沒找到。無論如何，一點苗頭仍然使他找回鞋子的信心十足：他發覺女孩子們的房間裏只有一雙拖鞋。他想：她們可能是白天和午夜以後穿他的拖鞋，因爲這時候他都不在場。

連續好多天他以遲睡來留心她們的動靜，只要有誰開了門回來，他都會探門出去觀看。終於，有一天晚上他逮到了其中的一個女孩。

「小姐！」他氣憤的追在她後面喊著：「這拖鞋是我的！」

被這突然的吼聲嚇著，那女孩雙手按著胸口，詫異的看著他。

「妳穿的這雙拖鞋是我的，」他指著她脚下說：「我找了好多天，呵，還是被我找到了。」

「什麼？」

「什麼什麼？妳穿的這雙拖鞋是我的，妳們誰把我偷走的。」

「喔，我不知道，」女孩趕忙退下拖鞋說：「我是剛搬來的。」

聽說她是新來的。小三立刻對自己的粗魯感到很抱歉，而且客氣起來。他讓她繼續穿他的拖鞋，直到她換了一雙別人的。他所以對她特別好，因爲雖然這是他第一次和她見面，但她早已在他心中留下很好的印象。事情是這樣的，他既然沒什麼特別的嗜好分心，而他們和她們的騷擾又是無法逃避，久而久之，他習慣去分辨且記憶他們的談話。事實上，除了臉孔他幾乎已經能夠辨別這些人的聲音、性格和名字。這個新來的女孩叫愛月，讀過高一，她曾經好厲害的哭過兩次，因爲被酒客灌醉了。那兩次她都像唱歌仔戲或唱傷心的流行歌曲，把自己的苦命大聲的哭訴；這些，使在隔壁偷聽的他十分感動。

這以後，那女孩的一切消息變成他單調苦澀生活中的主要調劑。他很樂意遲睡去等她們回來，聽她們的嬉笑怒罵；而她們每天總會談起她：嫉妒她的嘲諷她，關愛她的教導她——教她如何不去損傷客人的顏面，而能減輕被騷擾的技巧。看來她在那個黑店裏很風光，不過，她總是每天晚上回來，星期六和星期日也不出門。

最近，他開始更加留心對門的動靜，只要她們有誰開門，他就會探頭出去觀望，像他找拖鞋那樣緊張。他是那樣的意亂情迷，禁不住寫起情書來了。寫了又撕，撕了又寫；寫了擺著，不放心，拆了封又重寫；然後鼓足勇氣，熱著臉把信扔進信箱。但那些信如石沉大海，這弄得他自己好多天又羞又恨，不過她們之間的言談並沒異樣，所以他接著又寫了一封，重複自己的愛慕和同情，並且發誓拯救她的意願。這次有了音訊，回信是直接從下面門縫塞進他房間的。那個晚上他高興得睡不著，下班後一直興奮的等到半夜。可是她沒有回來。

「愛月今晚不回來了？」她們之間的誰說。

「嗯。」另一個女孩說：「大概和每天寫信給她的人住夜去了。」

「呵呵呵，會是誰呢，蠻神秘的呵。」

「不是小張就小林，哼！妳沒看他們兩個愛她愛死了。」

想著那個小張或小林，想著某條街上某輛計程車正往某家旅社或哪裏跑，他難過得全身乏勁，死人樣的躺在硬冷的床板上，兩眼不眨的望著黑暗的天花板。開始的時候，他仍然懷著希望；他想她一定是被酒客灌醉而神智迷糊，就希望那部計程車跑遠路，遠得她有時間清醒——那時，她一定會想起他而突然跑回來。等著，等著，等著，隔壁人家的鐘敲了清晨四點，該發生的事情都已經發生了。希望破滅，他發誓再也不理她，可是忍不住開了燈又順手拿起放在枕邊的信，再度一字一句咀嚼她的感情，咀嚼著，他立刻就原諒她了，雖然並不爽快；他心中總是有那麼一個疙瘩，使他覺得滿心淒冷，不過這個感覺也產生一種同病相憐的溫暖。他爬起床爲她寫一封信，裝著什麼事也不知道，只是回答她的信；這信寫得非常好，滿紙都是他潮溼的淚水。

那個女孩一連出去夜宿三天，然後又天天回來。她的信回得並不勤快，文字又醜又粗糙，不過只要寫了，他就很高興。

他們第一次的約會在小美吃水果，以後又去了三次。因爲在費用上他負擔不起，漸漸就不太想動這個念頭，而她似乎也不想在上班時間偷空，短了陪酒的分紅。他們既然不再在晚上見面，白天他又必須上班，所以他們往往在星期日才能比較像樣的會面。有時候他眞想狠下心，放鬆錢袋，帶她去逛街、看電影或爬山野餐，不過她總只想在他的小房間聊一會兒。通常那總是在星期日的上午，然後她又整天不見了。

嫉妒的緣故，他常常想把她忘掉，而且每次見面他都發覺她日復一日的變壞；事實上也是如此，她不再在被灌醉的時候埋怨自己的苦命，相反的，口無遮攔的髒話講個不停。可是，每次見面了，他就會原諒這些缺點，當她是個純眞的仙子。

情感有所寄託，無論如何，他的生活是過得比較愉快，而且工作認眞，敏捷度又夠，他的老板換了他一個較重要的工作，給了他較多的薪水；雖然差額並不十分大，不過這小筆額外的錢使他能夠做個較像樣的情人。他們來往得那麼親密，以至於他有個幸福的幻覺：他想，只要他繼續努力，學好一手謀生技術，他就能夠成家立業，和別人一樣過著快樂的日子。自從有這個想法，他就忘了自己還是個未成年的孩子，而待她如妻子——尤其發生那件事之後，這種感情更加強烈。

那件事發生得很突然；一個星期六的晚上，她醉醺醺的跑進他的房間，他幾乎是被強姦的。他是那樣的恐懼、緊張，以至於當她擺動的時候，他顫慄的跪起身子，把精液都灑在她身上。這樣子，她清醒許多了，她站起來一聲不響的穿衣褲，然後坐在床頭抽煙。他也冷靜許多了，坐在她旁邊握她的手，試著想從頭做那件事。可是，她只是想抽煙，抽完煙就走了。

這以後他再也沒聽過她的聲音，或者看到她的影子，同時從她們的言談，他知道她已經搬走了，而且換到別的地方去工作。他繼續給她寫信，總想有誰爲他轉遞；那些信始終在信箱裏冷落著。儘管他的歉意和愛意是那樣的深，盤據在他心頭的她的影子還是日漸淡了。是的，在他純眞的心地，這場被美化的初戀雖然有其不可磨滅的烙痕，可是像是大病一場，他覺得很虛弱；根本無法認眞的感覺什麼或想什麼。然後，當他開始能夠感覺及思慮，那塊烙印的燒鐵熱騰騰的，火辣辣的引起他的怒火。

他是那樣的狂亂，以至於有一天晚上忍不住隔壁的騷鬧，就用勁捶擊木板隔牆。

「喂——」他聲嘶力竭的喊：「人——家——要——睡——覺——啊——」

嘻嘻呵呵的笑一陣子，隔壁的人也用勁的敲著牆板喊：「吵什麼！吵！」

「他媽！」他衝出自己的房間，打開他們未閂的門，氣洶洶的說：「你們有沒有良心！現在幾點了？你們不睡覺，人家要睡覺啊！人家明天要上班啊！你們人多嚜？我拚了這條命好不好？」

站在門口，他幾乎把整個門塞滿，而且他不顧死活的憤怒也把他們震撼住了。。他們傻愣愣的站在床邊或者坐在床上，沒誰吭氣。不過，看到他們床邊一支木棍刀，他自己也嚇著；所以他接著說一聲對不起，馬上解釋他如何的每天失眠，實在是不得已才來打招呼，說完，他拖著兩條發軟且發抖的脚，走回去。他幾乎是跳進房門的，而且小心的、無聲無息的鎖上門；因爲恐懼的緣故，他抓了一把起子才上床。

「╳你娘！」誰生氣的說：「敲牆壁已經很過分了，還跑來開我們的門，這這這，這眞把我們看扁了，不給他上一課不行。」

「唉。」誰抱怨說：「我就跟你們說過，不要鬧得太過分，人家要睡覺。」

「幹，年紀輕輕那麼早睡幹什麼？」第三個人說：「我們還不是每天早上要爬起來上班！」

除那個比較公正的沒說話，其他人接著各又埋怨幾句，無論如何，時候眞是太晚，所以也就安靜下去了。小三這才鬆了一口氣，放下起子，想：第二天下班的時候要去市場買些水果，回來和他們交個朋友。他眞是這麼做了，不料卻出了差錯。那時候，他才洗完澡回房間不久，有人用勁敲了兩下門，猶豫片刻，他開門探出半個臉觀望：一個沒戴帽子的老警察站在隔壁房的門口。同時，他聽到另一個警察在隔壁的房間裏咆哮著訓斥。他想：警察大約是來臨檢，於是拿出流動戶口的申報單放在桌上。平時因爲省幾個理髮錢，他的頭髮有點長，不想和警察過面，所以他一聲不響的留在自己的房間。那兩個警察似乎不是來臨檢，他也不清楚他們究竟鬧了什麼事；他才要靜下心來聆聽，他們已經被警察帶走了。

他們回來得很晚；當他察覺他們的脚步聲，正要開門出去招呼，已經有人用勁敲門，而且暴怒著大吼：出來！

「什麼事?」他詫異的打開門，站在門口說。

他們全都在走道上，臉上充滿酒氣和怒色，不過，最令他驚異的是：他們的頭髮都理短了。「什麼事!」帶頭的人說：「看看我們的頭髮!」

「你們的頭髮怎麼了?」

「他媽的!你昨天敲我們牆，開我們門，我們沒對你怎樣已經很客氣了，你他媽的爲什麼叫警察來抓我們賭博?」

「叫警察抓你們賭博?呵，喔，我沒有啊!」發覺事情嚴重，他緊張得提高了聲音想說明一切，又因爲這誤會太唐突，他忍不住笑起來。

「你他媽的不要給我笑!也不要想賴!我們才開始打牌的時候，我看到你經過我們門口，而且還往裏面看了一眼呢，哼!」

「老天，我只是去洗澡。」小三著急的說：「我往裏面望一眼，只想知道你們是否都回來了，你看，我下班的時候還特地去買了兩串葡萄想請你們吃哩。昨天是我太過分了，我覺得不好意思，所以想賠個禮，大家交個朋友。呵，我才想和你們做朋友，怎麼會去找警察來抓你們賭博，而且我根本沒看到你們在賭博，其實呵，我反而喜歡你們賭博，因爲賭博比熱門音樂安靜——」

「你給我閉嘴!你他媽的不要假情假意，什麼葡萄不葡萄，幹!什麼熱門音樂不好，我他媽的，我們整天工作，回來聽個熱門音樂輕鬆輕鬆關你什麼屁事？關你什麼屁事？我們打牌小小的輸贏又關你什麼屁事！」

「抓我們賭博，罰幾個錢我們根本不放在眼裏。」另一個人說：「最氣人的是我們的頭髮給修理了，你憑良心說，這麼短的頭髮叫我們怎麼見人？」

「啊，請你們冷靜，聽我——」

「去你媽的！」帶頭的人打了他一個耳光說：「冷靜個鳥！」

對於這個耳光，小三驚嚇了片刻，不過只是那片刻，他們是那樣瘦小，而他自己那樣壯大，他的羞惱使他錯覺他可能使他們冷靜，於是他狂暴的回擊一拳，因而陷入一場混戰，他結結實實給了他們一些苦頭吃，可是自己也夠受的；只是打了那麼一會兒，他身上已到處是魔鬼戒指的咬痕和棍傷，最後，他所能做的只是拚命逃回房間，他拚了勁關上門，筋疲力竭不支的倒在地上。

他是被對房的女孩子吵醒的；她們之中的兩個人因爲爭風吃醋而互罵個不停，而其中一個澈底的醉了，一面罵一面哭。他可不再關心這些，他驚恐的發覺自己的臉上有一灘積血，而口腔和鼻腔充滿濃烈的血腥味，而且他發覺身體僵直，一點兒也動彈不得，尤其胸部——甚至不能順暢的呼吸；每隔一會兒，他就得深深的呼吸一次，而每次都有血泡從鼻孔冒出。此外，他覺得全身冰冷，眼前昏暗，於是，他害怕的想起他的大哥：

當那一刀插進他的後腰的時候，他帶著刀子往回家的路上狂奔；只跑了兩三步。他的最後一句話是：老天！救救我！現在，那顫悚且絕望的聲音再度在小三的耳邊響起，同時在他耳邊也響起他們最後的語句；誰說：他媽的！明天還要給他更好看的，想到這裏，他的恐懼消失了，而代以極端的冤屈和憤怒，可怕的、拚命的念頭在他的心下產生了。他想放一把火把這一切燒個精光，對於這個念頭，他猶豫很久，那時他想起那片明朗的清涼的海岸，那些碧藍的海浪和愉快的潮聲，可是他也想起那台吵鬧的牛頭鉋床和那個瘋狂的小妓女，然後，他想起他可憐的父親和母親；他相信當他們看到他這個苦命的可憐的樣子，必定會傷心得老淚縱橫，想著，他的淚水流下來了。

他一直躺在地上，事實上除了躺在那裏他也無法做什麼，現在，夜已經深了，連個車聲都聽不到，人們也都睡著了，他拚勁站起來，摸著走道的牆壁一步步走向厨房，關上門也關上窗戶。關上窗戶之前，他瞥了一眼窗外：不遠處有一盞路燈，由漸暗的燈光在黑夜中聚成一團，在巷道和成排的街樓間呈現出一片清冷的銀灰色，孤孤單單的、悲悲哀哀的，和他的心情相仿，他打開女孩子們的瓦斯爐和自己的小瓦斯爐，它們立刻像毒蛇一般嘶嘶作響，他不曾再看它們第二眼，就掙扎著走回房間，拿出一條毛巾沾溼了，將自己的血漬擦乾淨，他換一身乾淨的外出服，也穿上了鞋子；他很想把鞋子擦亮，不過沒有那麼多精力和時間，空氣中的瓦斯味漸濃了，他劃一根火柴，一根火柴，又另一根火柴……

那道火焰越燒越烈，在樓房和樓房之間的空谷中，發出轟轟轟的音響和空洞洞的爆炸聲，火光把天空燒出一個磚紅色的大窟窿，而作捲狀的黑煙把黑夜染得更深沉，從四面八方來的警車和消防車一路叮叮噹噹的響著，或者悽厲的鳴著尖銳的笛聲，附近的幾條街的居民都醒來了，所有的窗戶都亮出燈光來了；在街上跑的在街上跑，探頭看的探頭看，當他們望著那團古怪的嚇人的火光，忍不住都搖頭嘆息，穿黑衣服的救火人員，幽靈般的陸陸續續的爬上各處的樓頂，橡皮管的水噴出來了，像一組圍著野火的噴泉在天空灑開來；那些水滴在清冷的街燈下晶瑩得像淚滴……。

——一九七八年十月美國愛荷華大學國際作家工作室
一九七九年三月六日《聯合報》副刊
一九七九年獲《聯合報》小說獎

棄嬰記

又是一個黃昏了；那間平房夾在樓房之間，窗口越發顯得暗。阿基翻開被子坐起床，整個下午他昏昏沉沉的睡了前段的兩個多鐘頭，然後苦惱地躺看天花板。弄亮日光燈，他穿上衣服，垂頭喪氣的走出房間。那間房子除了客廳、浴室、厠所和厨房，還有三間臥室。他和他的堂哥劉旺住在一間，另兩間席地放著五個稚齡的嬰孩——呃，有一個不算是稚齡，只是發育失常而已。

在厨房，他扭開瓦斯爐，熱一鍋肉末和蔬菜燒成的剩稀飯，同時煎了兩個雞蛋。那鍋稀飯剩得不多，很快就熱開，飄滿一屋子鹹鹹的香味。聞到這股香味，他卻忍不住的嘔吐。他搗著嘴，衝到盥洗盆吐個一塌糊塗，一吐再吐，最後只能——那個痙攣不已的胃袋只能絞擠出青黃的苦水。打開水龍頭，他漱了漱口，擦了擦臉，趕忙熄了瓦斯爐。大約三、四口，他就把那兩個蛋囫圇吞下。空餓著肚子，他試著忍受那股稀飯的爛香味，再吃點什麼東西；沒辦法。

那些稀飯是給其中的三個小孩吃，另兩個還只能喝牛奶。打開冰箱，他拿出一大瓶牛奶。紙盒子包裝的牛奶，看起來很乾淨，可是摸在手上他胃裏又是一陣輕微的痙攣。大約是大塊的煎蛋哽著，這次他倒是沒吐。那兩個小孩並排躺著，各蓋了一件小被子；被子非常髒，空氣裏混和著乳酸和尿騷味。不耐煩的，他用雙手拿著兩個奶瓶，餵食那兩個小孩。咬著奶嘴，他們一樣吸吮得很用勁，表情卻有極大的相異；一個始終安安靜靜的瞎閉雙眼，另一個則眼睛大睜而不時的轉動眼球；轉得很吃力，以至於牽連了嘴皮和下巴。兩個小孩都使他噁心，他總是避免看他們；每次瞥他們一眼，他都會從心裏直發抖到手脚。可是，望著四壁空蕩的房間，他的厭惡又被恐懼取代。餵完那兩個小孩，他轉到另一個房間去餵稀飯。那個房間點著小燭光的日光燈，光線也是灰灰白白的摻雜了幾分陰森。

他逐一的餵那三個小孩，其中兩個吃得還好，第三個卻在吃飯的時候拉了一泡臭屎。忍不住那股臭味，他趕忙放開飯碗，把那個小孩抱進浴室，胡亂的拿冷水沖洗。受了冷水刺激，那個小孩的毛病立刻發作——全身像爛泥裏的蛇那樣不停的蠕動，而晃動得非常劇烈的頭，彷彿要把脖子弄斷。望著那個小孩，他的心口怦怦怦的跳起來；他已經聽說這裏的每一個小孩都有先天的缺陷或奇怪的毛病，可是沒想到這樣慘不忍睹。嚇壞了，他手足無措的站著，呆呆的看看，直到那個小孩的身體安靜下來。

將那個小孩換了一身乾淨的衣服，他又將他們關在黑暗的房間，然後坐在客廳的桌旁讀大專聯考的參考書。他沒心情讀書；滿腦子悸動著那個病童蠕動的影子，同時詫異他們的安靜——他們既不哭不笑，也不發出任何聲響；好像是些幽靈。事實上，和劉旺住在一起的這兩天，他已經覺得像是做惡夢。

他剛從軍隊退伍；一個砲兵，不像那些幸運的人，他沒學得一技之長，只落得在一家電視周刊跑腿拉廣告。因爲是個嫩臉的生手，他簡直保不住三餐。於是，在一場偶然的相遇，他投靠了劉旺；當時，劉旺沒明說什麼行業，只說工作輕鬆，待遇不錯，而且遠景甚好。

門鈴響了，發愣中他嚇了一跳才去開門。

「幾點？」劉旺匆匆忙忙的走進門。

「鐘剛敲六點半。」

「你把他們餵飽了？」

「嗯。」

「你自己吃了沒有？」

「吃了。」

「那我們可以走了。」

阿基逐一的把那些小孩抱進一部舊的小發財；而劉旺換了一身鐵灰色西裝，西裝是半成新，不過他長得略胖、白嫩而且一表人才，有幾分老板相。相形之下，穿廉價套頭衫和薄夾克的阿基，就像極他的夥計。

那部小發財幾乎佔滿一塊狹長的小庭院；阿基打開紅色的圍牆木門，讓劉旺把車子開出去。巷子很暗，遠隔的路燈只能照出人家片片閉鎖的牆門；其他的燈光是人家幃簾透出的窗火。剛是電視連續劇的時段，閩南語劇裏有胡鬧的笑聲，國語劇裏則是哀怨的哭啼；聽著，阿基的心情很鬱悶，因此一路上沉默望著巷口上街道明亮的一角夜市。他們很快的就轉進那條兩旁滿是食攤和店鋪的街道。街上逛市的人來來往往，計程車、小包車和巴士川流不息；不停的還有路邊擺的，電動玩具嘟嘟嘟作響的聲音。

「昨天我們走的是中正橋。」劉旺轉著方向盤：「今天我們要走福和橋，你現在知道到台北要怎麼坐車嗎？」

「我還不知道，我整天在家裏讀書。」

「你在那邊可以坐到巴士。」指著地點，劉旺說：「259啊，249啊，對哪，我口袋裏有一疊鈔票，你幫我算算有幾張。」

阿基從他口袋抓出一把百元鈔票，在膝蓋堆齊了數。數完了他說：「一萬八。」

「呵，我贏了三千，好險好險，一開始我輸得好慘，輸得只剩下一千多——今天晚上我要再好好的請你吃一頓，怎麼樣，昨天海霸王的海鮮很有意思吧？」

「呃，我，我想回南投——」

「嗯？回去幹什麼？」

「我，我是說想回去種水果，或者養雞。」

「啊——那沒意思啊，你家那一兩分地有什麼錢賺呢？像我們這樣搞它一段時間，我們就會有一筆錢，那時候看要做什麼生意，我跟你說，你看這張名片。」從口袋裏掏出一張名片，劉旺說：「這是下午認識的一個朋友，你看，做人至少要做到這個程度，名片上頭銜排了半張，你知道人家怎麼賺錢的？賺錢的基本方法是，如何讓別人從他們的口袋裏，把錢拿出來放進你的口袋，如果有外國人更好，那是用美金算的，當然，人要越多越好，你看，上班就賺不了什麼錢，因爲讓一個人把錢從他口袋裏拿出來，放進你的口袋，究竟有限——你看，大學畢業有什麼用？不如一個街角上擺麵攤的，賣檳榔賣衣服的，因爲他們正是讓別人把錢從口袋掏出來，放進他們的口袋，當然囉，要做到這個地步，你必須先有錢，然後才能佔到好的地點，必賺的起點，所以沒錢嘛什麼都不用想。怎麼樣，我們這個方法不錯哩，買這種小孩不花多少錢，他們也吃不了多少，成本低喔，每天又穩當的多少賺喔。」

「我嚇壞了。」阿基說：「剛剛有一個小孩拉屎，我拿冷水給他洗，他——」

「那沒什麼好怕的，你就當他是一個機器嘛，再說這又不犯法，怕什麼？如果我不把他們買下來，他們那些窮父母會把他們餓死哩，嗯。」沉默著，彷彿思慮了片刻，劉旺又說：「也許有一天我們發財了，還能幫他們做更多事喔，也許找醫生把他們醫好也說不定喔。」

這時，車子離開店面林立的福和路，跑上幽暗的福和橋。望著灰沉沉的天空和陰暗的河面，阿基恍恍惚惚的好像飄浮在空中——渴望賺錢和犯罪感的衝突，使他十分沮喪。從他自己的經驗，他完全了解劉旺說的話。他買不起體面的衣服，所以拉廣告的時候，畏畏縮縮的不敢面對客戶，說堂堂正正的大話。他沒有錢，所以想不得什麼以錢賺錢的方法。他的同事常常得意的說起，他們如何和客戶混在一起打麻將，喝酒嫖妓——有時候吹起大牛，甚至於誇口說，那些馬殺雞店的小姐，她們的洞有多深多淺，他們都摸得一清二楚。每次聽進耳裏他就噁心，不過他們道道地地把錢賺到手了；這點，使他了悟自己是不實在的。

「我們要在前面那個地下道放一個小孩。」

「啊？」

「我們要在前面那個地下道放一個小孩。」劉旺說：「放那個把你嚇壞的。」

「嗯。」

前一個晚上，做這件事對他來說是非常困窘的事；此刻，他覺得還好，尤其當他把孩子抱進地下道的時候，裏面沒有多少人。不過，當他把孩子放在地上，有一對大學生好奇的停下來看。心虛，他立刻紅起臉。

「這小孩怎麼了？」男孩審判的看了看他，又看了看他寒酸的穿著。

「呃。」避開那雙銳利的眼神，阿基趕忙蹲下去給小孩蓋好小被子。「呃，他是個白癡，呃，是我們一個鄰居的小孩，他沒有爸爸。」慌了片刻，他又結結巴巴說：「他媽媽是個瘋婆，給壞人騙了。」

「唉，好可憐呵。」說著，那個女學生打開小荷包，掏出十塊錢扔進便當盒。

「謝謝，謝謝。」鎮定了心神，阿基站起來認眞的對她說：「好心的小姐，老天保佑妳。」

他爲自己的謊言很慚愧；不過，也爲自己臨時胡扯的悲慘故事，感動傷心含淚。這樣，他的發財夢立刻折了五分。所以在其他地點放置另外四個小孩的時候，他都想著：讓它是最後一次吧。

劉旺眞是想請他好好的再吃一頓，而且要比前一天晚上吃得更痛快，像阿基這樣窮酸的個性和相貌，在這件事上算是天生的助手，再說，做爲一個很近的親戚，他無論如何不會把這樣不可告人的事走漏消息。

「我眞的吃不下了。」阿基說：「我只想一個人在這附近走走。」

「啊——你喔，你實在喔，好吧，這一百塊給你，我再去賭一下子，我十點半會在這裏等你，你不要走遠了。」

望著劉旺把車子開走，阿基就信步的走那條陰暗的街道。走著，走著，走過幾條同樣陰暗的大小街道，他無意間走到台北的後車站。他是那樣的寂寞又悲哀，不由得的就想車站裏面的燈光，照亮他鬱暗的心房。他買了一瓶巧克力牛奶喝，然後坐在候車室看晚報。有一條補習班誇張的招生廣告使他很動心，他想，他所以考不上大學，並非完全是自己的過錯；好的教師都集中在台北，而且富家的孩子可以進補習班或者請家教；他應該也去參加一個補習班。他從來都不這麼想，即使幾次走過車站前那幾家名聲叮噹響的補習班，也都不曾看一眼。嗯，他要去看看那些補習班；他買了一張月台票走過車站。車站前那幾家補習班很容易找，因爲他們的霓虹廣告燈，高站在夜空中，和任何一家商店同樣耀眼。沒想到補習班的門面是那樣華貴，他走到門口就遲疑不前，只敢先站在路旁，偷偷的瞥過玻璃瞄兩眼。終於鼓起勇氣了，他整了整衣裳，走進去。

「有什麼事啊？」櫃台後面的小姐笑瞇瞇的說。

「呃，呃——」搔了搔後腦，他說：「我要簡章。」

「唉，趕快報名啦，不趕快就來不及了喔。」小姐一邊拿簡章給他，一邊指著劃座表說：「你看，名額就剩下這幾個。」

「是是。」阿基窘迫的說：「我明天早上就來，多少錢？」

「沒多少錢啦，像剛剛一位同學選了英文和數學，四個月才五千多。」

「好好，明天早上我一定來。」說著，阿基趕忙走出去，匆匆忙忙的走進車站，迫不及待的就站在車站大廳的中間，讀那份簡章。一開始，他就被過分神化了的補習教師陣容，用做搶眼而被誇張的中榜名單，和天花亂墜卻頗有實力的廣告文章感動了。所以，讀完簡章他又飄浮起來，心裏怦怦的跳，而且自言自語像夢囈的說：我中了，噫，我幹他媽的中了。得意忘形之餘，他忽然又想起劉旺對賺錢下的定義：他想，補習班老板就是這樣，讓別人掏出口袋裏的錢，放進他自己口袋的人。這樣一想，他滿腦子滾滾著財源，彷佛間自己也跟著大發特發而喘不過氣。他那樣失神的拿著簡章站著，直到宣告列車進站的廣播，以及那班列車轟轟轟衝進月台，才將他驚醒。第一眼，他看到大片整容鏡中自己單薄的身影，然後是那些衣容較好的旅客——立刻，他就在這些具體的影像中回到眞實的世界。他的心房再度怦怦的跳起來，無論是虛渺幻想或者具體比較出來的，這一會兒掠過他腦海的意識，都使他認眞的想奮發振作一番。興沖沖的買了一張月台票，他又走過車站，找來時的路。迷路了，他徘徘徊徊的走到圓環，又在那附近亂轉了一番。

最後，因爲約定的時間緊迫，他招了一輛計程車。

「呃，呃，我不知道什麼街，就在這附近，那是一條小街道。」他和司機說：「兩旁排滿了吃攤；賣水果啦，天婦羅啦，海鮮啦，鵝肉啦——啊，我想到了，街邊還有一間什麼廟。」

聽著，司機逕自開動車子。

司機是個沉默的人，而且只關心自己錄音帶播出的音樂；內向的緣故，阿基也沒問他是否認得路，只得自己在車窗前左右觀看。

他終於看到那條小街道，因爲那間廟高過兩旁建築物，隱隱約約露出半截堂皇的磚牆，和兩邊飛翹的屋頂。停車的路口，不是他和劉旺約定的地點；他必須走過街到另一個路口。那條街若非食攤的燈火在兩旁輝映，也不過是一條幽幽暗暗的鬧區外的小巷子。事實上，街面就有些泥濘，只不過是乾了吧。就以那間廟來說，空空洞洞的，門庭陷得很深；裏面只點了小小的鎢絲燈和神明燈，神案上黃紅交雜的朦朧燈色裏，金身的神像看起來鬼怪那般陰森。走過那兒，朝廟面瞥了一眼，他的心裏起了一點疙瘩，因而接著走近那個地上擺的小孩，他就毛骨悚然了。那裏已經是食攤的尾段，弱了燈火，夜黑深陷的幾乎沉到地面；那個臉色發青的小孩躺在裏面，死嬰般的昏睡著。他的身上蓋了一件凝血色的小被子，露出的脚下擺著兩個相框；一個是人物悽慘的黑白全家福相片，另一個則是哀憐求施捨的證明文字。便當盒放在他身邊，裏面稀鬆的堆著十元鈔票和大小錢板；鈔票堆裏還有五十元的影子。怕人認得，阿基躲進食攤後面，走人家門廊的通道。劉旺已經在那裏等著，不耐煩的下了車，在車旁走來走去。

「要收——要回家了？」

「嗯。」劉旺笑著說：「我已經等了二十分鐘。」

劉旺略微弄亂頭髮，裝出一臉憔悴落魄的表情，彎腰駝背的回頭又走向那個小孩。他能夠感覺路人和攤販的注視；老樣子，無論他們是憐憫、懷疑或者歧視，他都窘迫的紅起臉。他把兩個相框放進肩上掛背的四方帆布袋，又把便當盒連鈔票放進去，才用雙手把小孩抱在懷中。他一邊走一邊留意，是否有人或者好奇的眼光尾隨，然後匆匆忙忙的跨進那部小發財。

「再替我把錢算一次。」

「啊？」

「我口袋裏的錢。」劉旺開著車子說：「今晚我好像贏了不少。」

阿基又從那個口袋抓出一把鈔票；他還得抓一次，才能數完全部。「兩萬六。」他說：

「還有幾張十塊的。」

「嚄嚄嚄，我贏得好過癮，這個賭呵，本錢一定要大。」

「呃，我想和你先借五千塊。」

「沒問題，沒問題，你想幹什麼用？」

「我要去補習班補習。」

「喔，好，那好，是白天嗎——那我們的小孩怎麼辦？啊，我自己有空餵他們就是了。」沉默了剎那，劉旺說：「明晚我們去聽歌如何？」

「我不知道，我沒去過歌廳。」

「你應該去看看，很不錯喔。」

他們逐一的在其他地點撿回那些小孩；最後撿的是那個放在地下道的。戲院還沒散場，地攤陸陸續續的在打包，店鋪逐一的打烊；夜市的高潮已經結束。阿基在無人來往的地下道，安安心心的收拾相框和便當盒；可是，抱起那個小孩，大約突然被弄醒，那個小孩又劇烈的扭動身體，持續的像上了彈簧的橡皮玩具。因此，他的頭頻頻撞擊阿基的胸口，像個鐘擺。怦怦怦的跳著心房，阿基恐怖得全身肌肉發緊，而四肢發軟。

「哦——」抱著小孩跑，他呻吟著：「哦——」

「咦？」劉旺詫異的望了望他後面的路上，緊張的說：「你跑那麼快幹什麼？」

「唉呀！你看，他又在動了，又在動了。」

「那沒關係，一下子就停了。」劉旺說：「讓我來抱吧。」

跨進車座，阿基惶惶惑惑的望著空蕩蕩的馬路。他的心房仍然怦怦怦的跳個不停，而每隔一陣子還得用勁的喘一口氣。驚恐過度，他覺得很疲倦；以至於車子才在福和橋上跑了半路，他就靠在椅背上打盹，而且很快的就在顛簸的車子裏睡著了。

——原載一九七九年四月一日《中外文學》第七卷第十一期

我們永遠的朋友

我們永遠的朋友希之：

去年的聖誕卡和幾次的信都收到了。是的，你那個姓汪的朋友，回台北的時候曾經來看過我，現在他大概去日本了。坦白說，我還沒能好好的拜讀你的博士論文，眞是忙，不過我曾經抽空翻過前幾頁，很羨慕你腦袋裏又裝進一些紮實的東西。

除了忙，我的近況還好，我想一切都上軌道了。謝謝你的關心，不過我仍然希望你會隨時叮嚀我，使我的耐性更加穩定。我的脾氣，有時候實在不是我自己能夠收拾的。

我已經搬進新家，上個禮拜天寶華開始在陽台養花盆，她問你是否能夠在倫敦弄到荷蘭的鬱金香球根？小寶已經會跑了，而且——他現在就站在我的椅邊，咿哦咿哦的說個不停，不過我無法明白他在說什麼。是啊，他越來越頑皮；家母說：龍生龍，鳳生鳳。

上個禮拜他跌了一跤，眉間縫了四針。醫生說不會留下太明顯的疤痕，不過，我只要想到這事就心痛。嗯，這一切像是港灣和錨鏈，我完全靠岸了。

台生沒給你寫信？他說他會給你寫信啊？他已經到米蘇里去了。大概功課忙，他只給過我一張校景明信片，而我，唉，你不提起的話，我差不多也忘了把回他的信付郵。老虎又生了一個女兒，總共是三個了，他發誓不再生，我想他很認眞，美吟埋怨說他已經閹掉了。三毛還是只有那個寶貝女兒，他也發誓不再生，說是再來一個，無論是男是女，都會斷送他的前途；大前天我們在電話中聊天，他說明年夏天就會出去，說是在系裏受教授的氣受夠了。這種苦頭不必我多說，你是經驗十足的。可憐的阿寶已經和波麗離婚了；自從惹了那種麻煩，他的事業、婚姻、一切都非常不如意，以至於言行越來越偏激。每次和人見面，不管是兩三個或者幾個，他都當大型演講會那般認眞；我想朋友之中，除了我，都聽怕了。不過，最近他也不再來找我，大概因爲我的話使他反胃。上個禮拜我們有一次聚會，朝陽請吃飯；他的生意越做越順手，終於實現一直追求的八位數字，算是少年得志。

此外，最重要的，我還有幾個小學同學的消息告訴你。

曾經癡迷過你的王小姜，幾年前嫁一個蓋房子的，生了兩個男孩，都上幼稚園了，而她嘛，每天閒在家彈鋼琴。至於你所愛慕過的小玲，說是嫁給一個不算太老的醫生做繼室，日子過得也如意，因此沒人知道她是否後悔始終在找醫生而差點耽誤青春。順子已經死了，不過他是沉船死的，而他的搭檔民本，仍然逗留在酒吧區，過他刀口舐血的生活。從前坐你旁邊的小六已經幹到陸軍少校，老天，他像嗎？他總是鼻涕流個不停呢。嗯，有些人的變化實在是我們無法預料的。

你猜，誰告訴我這些消息？你一定猜不到。

阿強，一個我們永遠的朋友。

我實在不想談他的事，不過這件事既然鬧到這地步，你遲早還是會知道，而且我想，我想這件事由我來說會比較任何人都公正。

去年聖誕節的，呃，之前的某一個星期六，黃昏——不，天黑的時候，突然下起一陣傾盆大雨。我正要趕回基隆，帶小寶回來台北。台北車站前的地下道擠滿下班回家的行人；工作了一整天，這些人的臉孔都累得怨氣沉沉，而且在瓷磚板反射的日光燈下，顯得潮溼又陰冷。似乎畏懼外面雜亂的雨聲，大家的脚步都不急。很意外的，有人喊我的小名。有點近視和散光，而且眼鏡沒在身邊，我一時看不清楚幾步路外那個喊我的人——阿強。我幾乎認不得他了，要不是他再度喊我的全名，我眞會以爲他認錯人。

他的臉孔不再兒時那般圓滾，雙頰陷得很深，兩眼雖然依舊精光閃爍，但是也看不出絲毫靈慧的痕跡，此外，散亂的頭髮和邋遢的衣著，在在都不是我所能想像的。他非常激動；他把我的手握痛了，而且很小心的把我的名片在口袋裏放好。我沒能和他談許久；我急著趕回基隆，恐怕晚了小寶會著涼。我們只簡單的交談幾句；他說，他曾經在船上幹過幾年，幹到輪機長，然後公司派他到紐約，在陸上幹了四年，現在剛調回來，才剛從桃園中正機場來台北。我們沒談為什麼他會跑到船上去。不過，我想，他無論如何是熬過來了；幾天以後他將去中國航運公司幹副理。我很為他高興，你一定明白我當時的心情；我曾經和你說過：無論是為生活所迫，或者滿腦子狂想而迷迷糊糊像我的人，都必須為逃離陸地，無拘無束，付出極大的代價。中國航運公司在林肯大廈有職員宿舍，但是他要去住的房間，過一陣子，等一個同事調差去高雄才會空出來，暫時他還不知道住哪裏。他說，他很快就會和我聯絡；我們就這樣分手。

我沒想到他立刻就和我連絡；在第二天，星期天近中午的時候。我在公司值班，他在電話裏說，他在陽明山他們總經理家，立刻會趕計程車下山來，我已經好多年不曾體驗這種熱情，這使我有點激動。我從前就是這麼熱烈於友情，你可記得我是一個多瘋狂的孩子：我在星期天騎腳踏車去每個同學家串門子，寒暑假更不用說。這幾年我已經麻木了；其實這值不得大書特書，所有人都如此，而且是生活歷程必然的殘酷事實。我們所以在童年那麼熱情，因為我們有太多時間嬉戲，而各種嬉戲，無論是躲迷藏、踢錫罐或者警察抓小偷，我們都需要許多朋友。我們現在也需要朋友，但是又如何？即使你我談一個下午，談個一天一夜，我們仍然無法彌補彼此各自在——所謂生之旅途中，必然留下的缺憾。我的確感觸太多了；我立刻撥電話去找耀暉和國華。耀暉閒在家，很高興能有這個機會大家聚聚，國華不能來，他早就安排好和家人去爬山，但是他也希望阿強會儘快和他碰面。

在等他們的時候，我打開窗子，躺靠在背椅抽煙。辦公室後面的老榕樹枝葉密佈的遮住了我的視線，一角冬天灰沉沉的天空看起來更加陰沉，我卻覺得很快活，彷彿我是躺在童年的草地，在山坡上看夏日的晴空，聽樹上蟬鳴和朋友的笑聲。此外，我好像又聞到海水的鹹味，聽到海潮的呼吸，看到海水洗得潔淨的日出和雲彩染得莊嚴的落日。於是，我不再那麼快活了。我離開辦公室，站在路旁觀望來往的計程車。有一點雨，路上沒半個行人；這樣寂寞的情景，立刻又使我想到海洋。從某個觀點來說，我不是站在那裏等阿強，我在等待一個信息；帶來美好的童年的回憶，帶來海上的涼風舒解陸地上令人難耐的窒息。

我很快就看到阿強在路那邊和我招手，可是突然間他在人行道上跑起來，追趕那輛跑開的計程車。他沒能追到；那車拐進一條巷子，跑得無影無蹤。他說，他掉了皮夾子，裏面有一些美金和一本花旗銀行存摺。他有許多錢；當他在船上工作的時候，他母親爲他存了將近兩百萬，而在紐約業餘打工又撈了將近八萬美金的外快。你大概還記得他有一個哥哥；幹了幾年船長，他哥哥到高雄和幾個下船的船長、輪機長合夥搞貨櫃公司、炒地皮，早就跟新興的高雄市發財了。他那兩百萬台幣，就是他媽媽幫他在他哥哥的公司參股，混出來的。至於那八萬美金，喔，那不全是外快，那包括他在紐約四年，中國航運公司發的薪資。

耀暉很羨慕他的財富，不過耀暉最羨慕的是我和阿強幾乎把世界跑遍了。他這麼一說，阿強很吃驚；每一個朋友聽說我曾經上過船，總是很詫異。阿強立刻問我為什麼上船，上船幹什麼？我說我最近不再喜歡談我船上的生活；他說，也許他能明白，所以他就不再繼續他才開始要談的海上生活，轉了話題談紐約。以我去年在紐約住過半年的了解，他的紐約生活實在貧乏得可憐，雖然他說公司配給他一輛福特車和九十坪的大房子。耀暉又插嘴了，又羨慕的說我在聯合國大樓的頂樓打過乒乓球，似乎掃興耀暉沖淡了他的風光，阿強呆了片刻，可惜的說：要是這些年來我和他有連絡，去年我們就能在紐約碰頭。以後，我們就談一些童年的趣事。對於那個每天朝會諄諄叮嚀我們做好人的校長，那個要我們在音樂中培養高尚性靈的音樂老師，那個要我們在運動中陶冶英雄氣概的體育老師，喔，許多老師，以及沒有惡補的快樂生活，他也非常懷念。他和許多人有連絡，所以一口氣告訴我們許多大家的近況和行踪。有些你已經知道，不知道的我在信頭告訴你了。最後，他說他在紐約的孤獨生活，使他非常懷念這些童伴，所以在回國之前，特地開車到華盛頓去摘了兩大箱蘋果。耀暉笑著說，這幾年來台灣已經有蘋果進口，便宜得要命；阿強立刻紅了臉說，他還有許多東西要送我們。我們都爲他的盛情感動不已，一會兒我們就喝醉了。

當我們分手的時候，記得他丟了皮夾，我給他一千塊，他說太多了，只肯拿五百；我們笑他是窮富翁。見面以來，我第一次看到他開心的笑臉。如果你記得他孩時的笑臉，就是這樣，而且帶著同樣有趣的，在喉間打轉的奇怪的聲音。

隨後的幾天他似乎很忙；忙著跑機場的海關，忙著跑銀行把戶頭從美國調回來，忙著這裏回國報到那裏回國報到。從電話中，我看他沒有一件事辦得稱心如意；他顯得很焦躁，渴望一切立即就緒，而能好好的開始新生活。

一個星期後，他仍然沒能如意。他在海關裏有點麻煩，他帶了太多東西。耀暉一點都幫不上忙，本來我以爲耀暉能幫他忙。他說耀暉只是一個小關員，而且只管倉庫，不是在抄班組。我記得尙未調到中正機場之前，耀暉是在基隆海關幹抄班；他說耀暉出過一點紕漏，所以被調單位。因此，當他在機場海關和那些關員吵架的時候，耀暉只能在遠處探頭，空著急，然後在事後不停的爲幫不上忙道歉。我認爲他不應該和關員吵架；照他的說法，他的確帶了太多東西，比如說他帶了兩套grundic音響，全新的。

爲什麼他會有兩套這麼昂貴的音響？他說，他和一個紐約的同事，一起分期付款從瑞士郵購。那個同事沒能付清最後兩期，因爲那個同事有一天去銀行取款，不巧碰到強盜搶銀行，挨了一槍，腦袋開花當場死亡。那個同事在台灣有一個父親，幾年前就死了；在美國有一個洋老婆，但是離婚了。那個洋老婆爲那個同事生了一個小女孩，現在，按美國法律已經送給正常的家庭認養了。講到那個小女孩，阿強說他非常想念。就這麼樣，不要白不要，他付淸了那個同事的尾款，所以名正言順的多擁有一套音響。

在機場吵了那架，海關火大了，打了他八萬塊的重稅，而且在海黨部打了一個報告；以至於他去報到的時候，被海黨部的官員訓斥一頓而且命令他好好的把頭髮理短，把鬍子刮乾淨。關於花旗銀行的事，沒人用他的存摺去盜領，而且他的帳戶還待在美國，聖誕節跟著是復活節的長假，一時也轉不過來。關於他在台灣的錢，他母親和他哥哥都不放心；他們要確實弄淸楚他已經變好了，才要把錢還他自由應用。爲了這點，有一天晚上我還特地應他約，跑到飯店去讓他母親瞧瞧，表示他在台北是和我在一起，而不是和電視圈裏的神仙老虎狗或者什麼攪局大王鬼混。我忘了誰是神仙老虎狗，誰是攪局大王：按他的說法，這些人現在在螢光幕上很得意。至於他有什麼不被家人放心的往事，他倒是沒談。

最近我已經不愛問人家往事；當然，有些人很樂意被邀談往事，因爲裏面充滿太多的歡樂和驕傲，但是大部分的人，總是努力的把失意和齷齪盡力掩藏。有一次，我無意間聽到一個人，好奇的問一個斷了腿的人說：「你那隻脚哪裏去了？」那個斷了腿的人，顫悚著說：你這個蠢蛋！

我不想做蠢蛋，所以我現在總是最佳聽者。每次我們見面，他都說個滔滔不絕。事實上我也不是蠢蛋，所以他話中的虛實，我自有分寸。有些話他說得太離譜，什麼李敖和胡茵夢去美國度蜜月的時候，曾經到紐約去看過他。這什麼鬼話！但是我想——我了解這些船上下來的人；他們總愛說這些莫名其妙的大話，或者一般人不可能有的特殊經驗，來滿足他們的自卑感。這點，不管他們在船上或者在陸上都一樣。他越說越多了；他已經入了美國籍，因爲有了美國籍，他在汽油站打工可以拿一個鐘頭十五塊美金，而非偷渡者的三塊美金。這個我倒是不懷疑，一點也不懷疑。爲了入美國籍，他假結了婚。他的妻子是華裔美國人，十九歲，廣東小姐，他們公司的櫃台小姐。爲了瞞騙美國移民局，他們同住那間大房子分床睡。她不會說中文，他不會說英語；他曾經很努力的看兒童電視節目，想從基礎學上去，但是連兒童節目也看不懂。她花他的錢，瞧不起他。她在家煎牛排烤雞烘餅，沒他的份；他只有聞香味的份。爲了省錢，他多吃了生力麵，結果鬧胃潰瘍，住過醫院。每個周末她把她的美國達令帶回家，在隔壁房間撒野，他只有旁聽和打手槍的樂趣。我的天，他竟然也能用這種詼諧的心情和語調，坦白的談自己悽慘的經歷，使我對他十分同情。

我看不出他有什麼不好的心態；他喝一些啤酒，抽一點煙，只是這樣。此外，我只發覺他似乎因爲錢袋飽滿，而有目空一切的傾向。他仍然沒把海關的東西搬出來，他說他要等他哥哥帶一個聯檢處的官員去，無論如何他不肯付那麼多稅，他要殺那些海關關員的威風；他頂多只肯付五萬。他甚至於誇口說，他看不慣耀暉一個月那麼一萬三、四的薪資，等他上班後一陣子，他也要把耀暉弄到他們公司去。除了不夠正直和細緻，他豪爽的性格和你我都相似；無論如何我們可能是同一個模子塑造出來的，而且你我這樣正直和細緻也非一般人所能匹比。所以，我對他沒什麼太大的挑剔。我只誠懇的勸他學我們的榜樣，把脾氣溫和下來，努力適應陸上的生活。他答應聽我的話，甚至於願意任我安排一切；他仍然像童年時代那般崇拜我。

聖誕節之後，我們看了幾處房子。去年買房子很不容易；那些奸商把大大小小的房子都炒得發燙發光，大家都被熱瘋了。報紙才印出幾個鐘頭房地廣告就幾乎全都變成舊聞；好多人搶著看一間房子，誰一猶豫賣方夢囈般的喊價，誰就沒份。今年房價仍然那麼高，但是街頭巷尾的廣告板不再那麼熱鬧，電線桿上的招貼也都給風雨洗成霉白色而沒人撕頭彩。我們不急，這裏看那裏看，價格亂殺他一通，殺得蠻過癮。

元旦我帶他去看一個非常乖巧的女孩；在我們見面之前，我們已經在電話裏爲她將他從頭到脚介紹過一番。我沒隱瞞她任何東西，我所知道的都盡量說了。關於他的缺點，我坦白的說我們有幾年——好多年沒見面，所以我只能老老實實的說一些船員可能的毛病。關於他的優點，我照直數出他努力掙得的財富，他元月十日將開始的新工作，以及他渴望安定下來的熱情。此外，我以我的品質和我們永遠的情誼爲他保證。那個女孩一向很信任我，我想，一切都很如意了。

在一間五十坪三百三十萬和另一間三十二坪一百六十萬的房子之間，他選擇後者。他說這間房子離我家很近，而且要住大房子的話，過幾年再去郊區買別墅；對他來說這並不難，他在中國航運公司的月薪是四萬，而且他有許多錢在手邊，可以滾雪球那般周轉。這間公寓房子是寶華找銀行的客戶買的；憑銀行的關係寶華幫他殺了十萬的價，以一百五十萬成交，彼此約定交付三十萬的頭款就辦理過戶。到此爲止——呃，他說他哥哥送他一部新的喜美車，已經交由貨櫃公司送到汐止轉運站。我想，到此爲止，他再不必羨慕我們；他將有房子，有固定的好工作，有賢慧的妻子，依他們的長相，我想他們也會有可愛的子女。相反的，他這種先苦後甜的境遇會令許多人羨慕。

然而，事實並非如此。

他沒能如期去繳頭款，他說他開始忙什麼晚上去華視兼差的事，而且他必須等他哥哥帶錢上來。我想，拖個三兩天算不得什麼，但是寶華有點惱火。她有足夠的理由惱火；她早就懷疑他，而我總是袒護他。她直截了當的在電話中問他究竟要不要房子；他說他很喜歡那個房子，而且和我們住得近他母親很放心。他又約了那個禮拜的星期天，而且帶了一千塊去寶華他們的銀行開戶頭，說是他哥哥如果眞抽不出空上來，就會把錢滙進去。他哥哥仍然沒把錢滙進去，而那個星期天他又失約了。賣房子的等煩了，跑到我家來探究竟；我打了幾次電話到飯店，始終沒能找到他。晚上，等得懊惱了，我想起耀暉或許知道他的行蹤。在電話中，耀暉輕鬆的告訴我，阿強陪他們公司的董事長去高雄，而且希望耀暉再調兩萬塊給他救急。這消息使我很困惑，我們互相印證一些阿強個別和我們瞎扯的話；我們立刻發覺被騙，比如說阿強告訴我的許多海關的事，耀暉卻沒聽說過。於是，我們開始到處打電話去探問阿強的底細。

老天，如果我們這些朋友曾經這麼個連絡——哪怕是只一次，這種蠢事也不會再三發生。

沒錯，他上過兩次船；第一次遇到海難嚇壞了，第二次在紐約跳船。這兩次之間相隔四年；這四年之間他倒是老老實實的和人合夥搞修理廠，做船底電焊的生意。那個生意做垮了；我不清楚他是什麼時候開始過這種胡說八道、到處騙財的生活，但是最近這三、四年，他完全賴這種卑鄙的行徑過日子。所以，我必須從頭改寫他的故事——他的航海生活就那麼個幾天的從高雄到麻六甲海峽，至於紐約他是搭飛機去的，只在船上待兩天就開小差去投奔一個開餐廳的朋友，然後躲沒幾天被美國移民局關四個月；他沒什麼綠卡也沒什麼華裔美籍老婆，從美國被趕回來，他在基隆結婚，生了一個女兒，然後他老婆把他遺棄了；他不是什麼輪機長，他只是一個船上的服務生；他父親也不是什麼大官要員的結拜兄弟，只是一個家庭厨師；他哥哥，沒錯，是發跡了，但是爲阿強花了一兩百萬，已經斷絕手足之情，甚至於希望有人會把阿強弄進監獄。

某個觀點來說，我們，做爲我們永遠的朋友，我們應該幫助他。從前，他們家說起來境況還不錯；如果他們老老實實的過活，這些年來應該會更好。但是，退休之後他父親拿退休金和一些標得的會錢去開餐廳，垮了，欠一屁股債，而他母親仍然過那種出門計程車飯店、進門麻將瓜子的生活。我們也不能苛責他哥哥的無情，他們只是同母異父兄弟，而且他哥哥的財富——我應該說，沒有他嫂嫂的娘家，就沒有他哥哥的財富。

他母親繼續倒人家會，已經沒有鄰居了。阿強繼續騙朋友錢，已經沒有朋友了。

某個觀點來說，他還是算心狠，是無法被原諒的。你看：有一天晚上，他氣憤的和我說，耀暉在去年被父親的同鄉騙了四十萬；他把那個騙子詛咒一頓，然後慷慨激昂的說，他也要把耀暉的老婆介紹去中國航運公司搞會計。他就是這麼把耀暉弄迷糊，借去了五萬塊。此外，他騙了飯店的服務生，還一個在理髮店工作的妓女。

我們都裝著不知道，阿強自然就蒙在我們鼓裏。第二天，當那個不知情的妓女，跑去耀暉家取那兩萬元，耀暉設計她寫借條。她上當了，果眞用中國航運公司人事處職員的名義寫下借條。她才寫好，耀暉就一把抓去，毫不寬容的盤問她和阿強的關係，盤問他們是否鴛鴦騙徒，甚至於是否某種職業性的騙徒組織。那個妓女沒料到這些意外的事，立刻打電話去要阿強出面說明，阿強當然不敢去。他在電話裏又說了些什麼鬼話，耀暉心軟了就扣留那個妓女的身分證，讓她回飯店去。她一走，耀暉就後悔；原來他想把她抓去警察局，但是事實上這也不是好辦法，他沒有那五萬元的借據。

知道這樣的事，國華很吃驚；他只被阿強弄去五千塊，但是他很心痛。他並非痛錢，和我一樣，他痛恨這種事。他立刻不再理睬阿強；他要他們公司的總機小姐，問清楚任何一通電話，只要是姓孔的就不接，說是出差去。我倒是沒這麼冷靜；朋友之中沒人說阿強好話，除了唐甦，唐甦說阿強算起來蠻孝順父母。我想，或許眞是如此，再不然的話，我也希望能夠勸勸他，希望他不要這麼自掘墳墓。此外，可能的話，我希望他能夠把錢還給耀暉。

你知道從前耀暉他們住基隆的時候，家裏時常有許多同鄉來來去去。對於這些同鄉，耀暉總是叔叔伯伯的喊。就是這麼樣的一個叔叔或伯伯，在他父親死後不久來和他們借錢，說是作生意周轉。耀暉他父親的胃癌拖得太久，早把他們家的積蓄呑得差不多。借不到錢，那個叔叔或伯伯要借他們的房子去抵押。我不淸楚他們後來怎麼會答應了；總之，兩個月後，銀行通知耀暉趕快去繳款，不然的話要封房子。當阿強再來騙他五萬塊的時候，他每個月必須繳九千塊的利息給銀行，去保住房子。而耀暉的老母親和耀暉的老婆，必須在家幫忙附近的工廠做些手工，貼補家用。可憐的耀暉，從來不和我談這個；其實這一年來，我們也只見過一次面。那一次我還愚蠢的玩笑他是否房事過多，而瘦了皮肉。連續上了這麼兩堂課，雖然他在電話裏還能和我苦中作樂，但是我明白，對於任何人他再沒興趣了。他一心只想拿回那筆向別人湊來的五萬塊。

至於阿強，他比我們任何人都冷靜；他說耀暉太緊張太神經質了。他還要繼續瞎扯，我已經板起臉孔訓他一頓。心虛，他馬上認錯，但是他堅持他只是想調我們錢周轉一下。他解釋說，事實上他是來台北找一個人討六十萬的債，就快討著了。他立刻惹火了我的脾氣，我一口氣把他的爛帳數了，然後當著餐廳許多人的面前，一拳打得他鼻子出血。拿手帕掩住鼻子，呆了一會兒，他冷靜的說：他感謝我罵他打他，但是他仍然認爲他只是調錢的作法有些過分，而他的確會在這幾天內還我們錢。我被他弄迷糊了；他哥哥說過他的腦袋或許有問題，唐甦說過他想什麼就說什麼，但是我看——呃，我眞是迷糊了。當我們分手的時候，我要他帶印章去寶華的銀行，把上次匆忙中沒蓋的章補全，此外，我要他開一張借據；我們之中，誰也不曾拿過他借據。

我們想他隨時會開溜，或者他正在等什麼船離岸；但是他仍然留在飯店。他老老實實的到寶華那兒，把該辦的手續補全。說實在，如果他沒補全這事，寶華在日後會惹一點失職的麻煩，而如果他沒補全這事又拿存摺去招搖撞騙，寶華恐怕就慘了。他也老老實實的合開了一張借據給耀暉和我；寫了身分證字號，蓋了手印和章，書明了還錢的日期。無論如何，我還是不能信任他；恐怕他繼續騙人，我把他的敗行，在電話中和飯店的服務生與那個妓女說了。他們對我所說的，我不知道爲什麼，我感覺得到他們頂多只半信。

有一天晚上我順路去飯店，那個服務生鄙夷的瞥了我一眼；我一看就知道這個小孩被騙死了。所以，我自顧自的坐在房門外的沙發發悶，而他摸著摸著就跑下樓去通風報信。從窗口，我看到他站在大門口的台階上想攔截阿強。阿強倒是沒想躲我，我也看到他身旁的妓女；按照耀暉的描述，那個妓女長得很漂亮，穿著很時髦，我看並不是這樣。她穿得很平常，頂多是路旁小店買的成衣，而且她略胖的臉因爲蒼白的臉色顯得有點浮腫。爲我們簡單的介紹幾句，阿強就支開她，帶我去一家咖啡館；當然，還是我付錢。

我問他債追得如何，他自信十足的說沒問題。我非常希望他老老實實的說這也是騙我們的，但是他非常冷靜，總是那麼冷靜；他要不是眞的，就是瘋了。我唬他說，如果他坦白再度認錯，我願意原諒他而且幫他還耀暉的錢，而如果期限那天我發覺他仍然說謊，我絕對不留情，我會憑那張借據把他弄到法院，並且找來所有受騙的同學證明他欺詐，把他弄進監獄，使他能夠徹底的省悟。他說他很感謝我的教訓和友情，在這樣的過錯之後，我仍然能夠像個好朋友和他繼續來往，給予忠告，他非常感激，但是此刻他最需要的是信任。我立刻又在他懇切的眼神中迷糊了，無論如何，我還是不恥他這種飯店和妓女的生活，所以立刻又淸醒來教訓他一頓，直到火氣消了才和顏悅色勸他一定要痛改前非，振作起來好好生活。他安安靜靜的望著我，臉色一會兒發紅，一會兒像第一次我揭發他的時候那樣發白。待我說完了，他認眞的說，他自有打算，把這件事如意處理完，他就會給我一個最好的解釋，到時我就不會再把他想得這麼不堪。這什麼話！他始終不認錯，我立刻又生氣了；我板起臉用一句接一句的問話，要他明白，做出這樣的事他已經是壞透了，尤其他還住飯店狎妓女。他的臉孔馬上脹紅起來，從頸項一直紅到胸口，然後突然又褪成蒼白。不論那一種顏色是羞慚或憤恨，我想，我已經把他逼到極限了。

我們曾經有過這麼一次兒戲——我們已經俘擄了他們全部的人馬，而且包圍了他們的城池，阿強亡命的跑出校園，開始往街上逃逸；我在後面緊追不捨。我們只差幾步路，但是追逐了好長一段時間，我們始終差那麼幾步。漢春，算了吧，他邊跑邊說，我們這局算和好吧？上課鈴快響了呵；不行，我說，我一定要抓到你。

他沒能在約定的期限還錢，但是仍然留在飯店。我對他實在失望透了，再不想管他死活。過了幾天，好奇的緣故，我又打電話去看動靜；他仍然在那裏。那個妓女也還留在他身邊；是她接的電話，她說他出去了，他眞是出去了，因爲她在電話裏，認眞的要我多談一些阿強的事。我沒能多告訴她些什麼，我曾經和她把我所知道的都談了；即使如此，那時候她知道而且相信的話，也已經太遲了。或許她可以登報遺失換領新身分證，可是耀暉握有她僞造中國航運公司職員的借條。暫時她必須緊跟著阿強，任他擺佈。但是，我覺得她的枷鎖不單是連繫在耀暉手上的把柄，她似乎對阿強還沒完全死心。

那個服務生省悟得更遲；有一天，發覺阿強和那個妓女一去不返，他著急的打電話來問我是否知道他們的行蹤。當然，這只有天知道。

希望落空，耀暉又打了電話去高雄找阿強的哥哥；兩次都沒能找到。我也爲他打過一次，我發覺他們不肯接陌生人的電話。不肯死心，耀暉又試了一次；這次阿強他嫂嫂兇惡的埋怨一頓，又說什麼在這黑暗的世界每個人都必須小心睜大眼睛自顧自的性命。

在從前那次的兒戲裏，我繼續追趕氣喘不停的阿強，當然，我自己也無法輕鬆。跑了一陣子，我們開始拖步子。唉，漢春，他說，我們就和了嘛，我們應該回去上課了；不行，我說，我就要抓到你了。

最後一個晚上，當我用那些問句把阿強逼到邊際的時候，他嘆了一口氣說，有些事他本來想在問題解決討回清白以後再告訴我，現在他只好忍著心痛說了。他並沒立刻說，彷彿在腦子裏編造故事，他沉默的抽了幾口煙才說，他這麼做是要毀滅他哥哥。他們有點怨仇；是他哥哥找了一個輪機長和他合股開那家修理廠，當生意做壞的時候，那個輪機長帶跑了剩下的錢，而找不到那個輪機長，他哥哥把自己投資的錢算成他的債。我不相信這件事，我說我願意陪他去高雄找他哥哥，大家當面把恩怨分清楚，希望他們手足重聚，而他也可以在他哥哥的公司謀一份正常的差事。對於我的建議，他冷哼一聲，表示他寧願回到他害怕的海上，或者傷身體的去搞水底電焊。第二件事，他沉痛的懊悔，他曾經荒謬的想王永慶或者蔡萬春那麼富有；這我倒是相信。第三件事，他說他好多年來是生不如死。我再沒話說了，我說夜已經深了，我必須回家。他堅持送我到巴士站，天氣很冷，他只穿一件襯衫，他一路走一路發抖，於是我和他握一下手，就鑽進一輛路過的計程車。

有一個多月，我們絲毫沒他的消息。飯店的服務生曾經去找那個妓女工作的理髮廳，老板娘說她聖誕節以後就沒再上班了。這個夢想阿強幫他上船的小孩，揹了一萬八千塊的房租；這是飯店溜了房客的規矩。他曾經抽一天空去基隆，但是只聽得阿強他母親的幾句敷衍話，又白白的淋了一身大雨。可憐的耀暉，他又瘦了許多；那套原本貼身裁的海關制服，在前一陣子的鬆垮之後，又添了一份喪氣。他的湖南脾氣發作了，不肯接受我和國華的支助，連借都不肯。最近他標了兩家會，還人家那五萬元。他很想拿阿強寫的那張借據去法院告狀，但是他捨不得花訴訟費，再說他相信他最後頂多只能空得一張債權。

在從前那次的兒戲裏，最後，阿強再走不動了。漢春，我服了你，我投降，他說，你來抓我吧。我走過去拍了他一下，終於結束了那場遊戲。你把我追慘了，他說，你幹嘛那麼認眞，這只是遊戲啊；這不只是遊戲，我說。

整個冷天，那張借據都在我大衣的內袋裏；我仍然希望能再見他一次，給他最後一次機會。

農曆年的四天假期，我和寶華帶著小寶，從北迴鐵路一路看海景去花蓮，然後轉往台東、高雄，回台南寶華的娘家。我們再度把小寶帶回基隆，已經農曆初四。在回家的途中經過阿強他們的眷村，我獨自下車了。

我在路口碰到黃老師的太太，她問我去哪裏，我說我找阿強，她立刻就問我被他騙了多少錢；這就是阿強的名聲。我幾乎找不到他家了；我憑模糊的記憶往前走，走上那斜坡，但是始終記不得是倒數第二排的第幾間。那些日本房子曾經看起來非常精緻舒適，現在霉氣十足。只有一間房子的門上掛著褪色的木板名牌，其他房子的門口只露出了點銹斷的釘頭。我在那兒來回走了兩次，終於聽到一個小女孩的聲音。她說：爸爸爲什麼今年不回來過年，不給我壓歲錢，不給我買洋娃娃。然後，我聽到一個老頭子悽慘的咳嗽聲。接著，我突然聽到阿強他母親的聲音；她說：小青青，妳吵了爺爺的睡眠。我墊起脚尖繼續走我的路；經過他們家的時候，只瞥了一眼翻破的舊紗門。

走出他們的眷村，我正巧遇到兩個嘻嘻哈哈的傢伙，東倒西歪的在路旁下走鐵軌；那是民本和黃生智。他們問我在附近幹什麼，我才說阿強，他們就相顧大笑。他們也正要去找他，這幾天，他們已經來過幾趟。用差不多的故事，阿強幾乎騙了所有的朋友。黃生智還玩笑的說，像我這麼聰明的人都被騙了，他們還有什麼話說。民本很不服氣，他說任何人，不管是金光黨或是瘋子，想用一疊報紙或者幾百萬騙換他哪怕是幾百塊，他都會當面就一拳，一句話也不嚕嗦；他說，不是阿強騙了我們，是我們的感情迷糊了我們的眼睛。他們發誓要把他逮到；他們說，他們已經在設計他了。

我一直不知道阿強那個農曆年，是在哪裏，怎麼過的，但是我知道他仍然在台北，因爲年後的有一天，他硬著頭皮跑到寶華他們銀行，領出那一千塊。然後，差不多一個月後，那個妓女打了電話給我，問我阿強的行蹤；她說，他前一個晚上出去後就不見了。我常常愛想，爲什麼那個妓女要繼續跟著他跑來跑去。當然，我說過她有把柄留在耀暉手中，她的希望是跟著阿強，確定他把錢還了好脫身。我想不通的是，在她幾次的談話中，多少都顯現出對阿強的情感和寄託的希望；她甚至於說他們兩個可以老老實實的去租便宜的房子，就近在工廠或什麼地方工作，把耀暉的債慢慢的還。我很殘酷的想，阿強一定又編了什麼故事，很動聽的故事，因爲每次我問他是否眞的喜歡那個妓女，如果喜歡，他們可以簡單的結婚，一起重新過生活；他總是弄出鄙夷的嘴角，但是斜著眼睛故作思慮的樣子。是否她是要討好我？她知道我對耀暉有很強的影響力，以便哪一天希望確實落空的時候，耀暉不會找她麻煩。事實上沒誰欠阿強六十萬；當他這麼信口開河的時候，他是否預想從她那兒弄些錢，因爲她曾經說過她家裏很有錢，她是和她父親賭氣離家的。我的天，這些瘋子；我們共同做著美夢和惡夢。我眞是想不通，或許裏面眞有超乎常情的理想也說不定。這些日子他們並不好過，有一頓沒一頓的，這個飯店住幾天那個飯店住幾天，然後才在另外一個飯店安頓下來。我說，你們爲什麼要這麼做呢？假使你們要躲我，跑出台北市隨便租個房子多聰明呢！她說，阿強好像眞是在台北市忙什麼。

阿強終於回去了，但是是被迫的。和我通過電話，那個妓女沉不住氣接著打電話去問原先那家飯店的服務生；那個服務生套出他們的落脚處，立刻趕了去。當他趕到那兒，她正在接阿強的電話；阿強要她開溜，到路口相會。她似乎溜膩了，或者被那個服務生逼急了，就讓那個服務生跟在後頭，去把阿強逮著。我們永遠的朋友阿強，一點兒也不驚慌，就像那次兒戲中，熬著，繼續熬到底——他把那個服務生就近騙回新住的飯店去談判。他當然談不出什麼具體的東西，於是，一怒之下，那個服務生把他告發了。老板立刻扣留他的身分證，限制那個妓女的行動，然後趕他出門去找錢；他們給他的期限是當天下午六點正。

他必須繳一萬二，才能脫身。下午五點多的時候，他來找我；找我借這麼多錢。他很冷靜，我也很冷靜，老天，我們是否都發瘋了，或者我們彼此都心裏有數：我們是永遠的朋友。我掏了所有的口袋，老實的讓他看我有多少錢。我說，我知道他有許多天沒吃飯了，我可以請他去吃飯，剩下的錢就讓他搭車去高雄找他哥哥。他說他吃不下飯，或者他自信勃勃的要把我的心再度說軟——果然如此，在六點鐘的前五分鐘之前，他滔滔不絕的說些非常懇切的悔過的話。想起他的小女兒，我的心差不多軟了，但是這些日子，他的頭髮又長亂了，像極了我們初次在地下道見面的模樣。我立刻狠下心來說，爲了他的前途著想，他還是跑一趟高雄好些；於是，我塞給他一張五百塊，勸他趕快搭車去。

他沒去高雄也沒回飯店；你絕對想不到，他自己直接去派出所。我不知道爲什麼他們拿他沒辦法，或許他可以說；我不是不給錢啊，我正巧現在身邊沒錢，我還要住下去嘛，反正我最後會付錢嘛。誰也不想無意間惹到一條強龍或地蛇，再不然的話，誰又有閒功夫跑法院，結果只弄到一張天知道什麼時候才能兌現的債券——總是這樣。

他又逍遙法外了，但是，他沒想到兩個人有閒功夫，有惡意，而且有遊戲的熱情和耐力。

民本決定再跟黃生智去跑船，那船這些日子停在基隆大修。他們躲迷藏般，在阿強他們家的路口埋伏過幾天，然後搜地氈般的逐一問基隆的每一家大旅社和飯店，沒找到，他們轉來台北，繼續逐一的探問車站附近那些二三流的飯店。

他們終於在博物館附近的一家飯店，問到阿強投宿的房間。得到他們的通知，許多受騙的同學都想趕來。有些人還得上班，而且必須趕遠路來。我們先到的，就在阿強對門的房間住下。除了恨，我沒發覺誰有憐憫和耐性。

阿強將近十一點才回來，這幾個等待的鐘頭內，大家七嘴八舌的說盡了他的壞話，交換他所編的故事而笑得筋疲力竭，有些人還擠成一堆睏睡，像極了我們小學畢業旅行，睡在異鄉的許多夜晚；有人這麼說，於是我們那些醒著的人，再沒誰能說出半句笑話，也沒誰再懷著原先那般濃稠的恨意。有兩、三個人開始說同情的話，好像再幫他一次忙，或者這類事，然後，又有人開始講笑話，好像我們是在開同學會；而那些睡著的人的呼息，像是哀聲嘆氣的勉強表示同意。

看到這麼一大羣朋友，阿強很吃驚，但是他紅一陣臉就又冷靜下來，鎮定的請誰這裏坐那裏坐，然後開始倒茶請這個喝那個喝。倒完了杯子他說他應該再去多弄一些杯子。無論如何，這麼多人眞會令人窒息；他再沉不住氣了，走到門口，他突然拔腿往梯口狂奔。

他跌落了幾級梯子，但是立刻爬起來繼續衝下去。跑出飯店，他衝過馬路，一頭鑽進新公園的大門，躲到樹叢裏或者什麼地方。

將近一個多鐘頭，大夥兒像是在公園裏面躲迷藏，喔，不包括我；我沒絲毫心情，而且我眞是太累了。我一進公園的大門，就坐在博物館門前的台階。我很想回家洗個熱水澡，好好的睡大覺，但是我一坐下去就站不起來。我不敢說我當時沒絲毫恨意；我的情緒很快就不再那麼混亂——當我抬頭看到夜空裏的星點，聽到地塘裏的蛙鳴。我很想在那兒多坐一陣子，因此決定打電話告訴寶華晚些才能回家。電話就在博物館門邊的牆上，我站了起來走上梯子，突然間一個黑影竄出梯上的大石柱。阿強，我驚訝的喊了一聲；他沒理我，他只顧逃竄。我沒能看清楚怎麼一回事，我只聽到緊急煞車的聲音。

幾天以後，我們湊足了將近十萬塊做奠儀，由我代表送到他們家。那時候天已經黑了，他們家的燈光很陰暗。我在門外把錢遞給阿強的母親，本來她還蠻安靜的，這時候突然放聲啜泣，我安慰她幾句，抱了抱阿強那個啼哭的小女兒，就離開那裏。

在回家的斜坡上，我遙望遠處的小學校園。那些古色古香的校舍和我們曾經細心照顧的花草樹木，全都埋進了水泥地，蓋起新樓房。我不知道山後那條小溪，是否還躺在那裏，繼續沖洗一些小小的心靈，無論如何，後山還在那裏，雖然山坡上擠滿了新起的住宅，山頂上還有一些樹林；當一陣風吹過的時候，我也仍然能夠聽到熟悉的枝葉呼嘯的聲音。我常說，對於海洋，大部分的人都只看到邊緣，現在我想，雖然曾經在上面，我也只不過是看到表面。在陸地和海洋之間，我們只不過是站在不同的立足點，做同樣浪漫的幻想；你說的蠻有道理，現在我明白了。

我的信就寫到這裏。

寶華和美蓮問好，而我們的小寶親你們小愛蓮的蘋果臉。

再會，我們永遠的朋友。

漢春

——原載一九八一年六月二十一日《聯合報》副刊

祭七月

昨夜發生了奇怪的事。

起先外婆說了幾個有趣的故事，結果她自己在說故事中睡去。外公的鼾聲和田蛙的夜鳴繼續鼓譟個不停，將溼熱的空氣煽動得更加沉悶。幾次，李立望著幽暗的窗口，忍不住把搖曳的樹影幻想成生動的魑魅，就在屏氣心驚的時刻，紗窗上突然冒出一個個黑影，使他懼急得全身癱瘓，啞口失聲。

「ㄚㄨ，ㄚㄨ。」那個黑影輕聲細氣的喊了幾次；大約是村子入口處的路上同時響起一陣機車奔馳的聲音，那個黑影立刻從窗口退去。他想起來了，當幾隻受驚的狗前後呼應叫鬧起來的時候，他緊張的身體和心情開始鬆弛，並且很快的滲入睡意。

在床上輾轉幾次，他終於睜開睡眼。前一會兒將他吵醒的雀羣，已經離開屋頂的背脊，飛上側院的竹林。從窗口，他看到牠們上上下下的在枝葉間跳躍飛舞，耀眼的天空也照亮了他心底的陰霾。他深深的吸一口氣，然後鑽出厚重的床帷。

太陽已經越過了屋頂，在後院的圍牆外燃燒炙熱的光芒：因此，圍牆內的陰影顯得更加陰涼。幾個婦人在涼蔭中圍著一口井清理雞鴨和果菜：這些久別的姊妹或親友，一邊工作一邊敍舊述情，時常在聊談間掀起喧嘩的笑聲。另有幾個男人，在近旁圍著小圈，在那裏抽煙，談歷史論國是，時而有人板起臉來滔滔雄辯，令人側目。

他的出現，使這些輕鬆的閒談和雄辯都中止了片刻。

「這李立。」外婆說：「是寶旂的後生。」

在大家好奇的注目和親切的問候下，李立站在後門的門檻上羞澀的望著磚砌的水井。從地底湧出空心竹筒的泉水，在井壁內密植的藻絨的襯托中，湧著翠綠色的漣漪。

「終於醒來了，我來弄早餐給你吃，是雞湯熬的稀飯。」外婆洗了洗手，站起來說：「今天要忙著拜拜，可能沒空照顧你喔。」

外婆才說著，村子外的遠處響起了祈安醮的鑼鼓。

「昨天晚上，呃——」李立說：「昨天晚上好像有鬼喔，阿嬤。」

「什麼鬼啊？」外婆說：「你不要嚇人呵。」

「妳故事沒說完自己就睡了，我——呃，有一個黑影在窗口喊：ㄚㄨ，ㄚㄨ，喊完就跑了。」

「ㄚㄨ，ㄚㄨ，喔。」東張張西望望，外婆說：「這鬼的事，你不要再說了喔，會嚇人喔，任何人問都不能說喔，根本沒有鬼啦，你晚睡胡思亂想了，哪，安心吃早飯吧。」

李立相信自己眞是胡思亂想，鬆了一口氣，就要開始安心的吃飯，但是他發覺外婆好像忽然緊張起來；她匆匆的走出後院，在樹圍上往外面的田野不停的張望。

飯後，李立也好奇的跑到那裏去張望。但是，在開濶的田野中，他只看得橫亙其間的一條溪流、兩岸茂密的竹林以及林邊一座凸立在田間的防空壕。

「你在看什麼？」小舅舅說：「李立。」這個仍帶孩子氣的舅舅，高爬在一棵菝荕樹上採果子；幾個拿著斗笠承接的男女孩童，期待的等在樹下仰頸觀望。

「你要不要下來，滿舅。」李立說：「我有話和你說。」

「好，我再採幾個就下來。」小舅舅說：「你要不要來一個？」

「我不要了。」李立說，又探頭去樹圍上看田間那座灰暗的頂上長滿芒草的防空壕。

「你究竟在看什麼？」小舅舅一邊爬下樹一邊說。

他將舅舅帶出樹圍，在田埂上說：「昨天晚上我看到鬼喔。」

「嘻，開玩笑。」

「眞的，一個黑影趴在窗口喊：ㄚㄨ，ㄚㄨ。」

「喊什麼？」

「ㄚㄨ。」

「阿母?喔。」舅舅說:「後來呢。」

「狗一叫,它就跑了。」李立說:「阿嬤說我胡思亂想,但是我一說,她就跑出來看那個防空壕,你說奇怪不奇怪。」

「喔,喔喔。」舅舅說:「這事你要保密,不能隨便和別人說。」說著,他也緊張兮兮的四處張望起來。

近午的時候,村子裏來了幾個警察,那些道地的鄉下人和婦人戒戒愼愼的倒茶奉煙,城市回來的或者讀書人則臉帶怒意。

「我們可是內政部次長的親戚喔。」有一個大學生挑釁的說。

「是的,是的,我們知道。」一個警察謙卑的說:「我們只是例行公事,看看而已,看看而已。」

「看到還是要抓的,管什麼次長的親戚,叛亂就是叛亂。」另一個警察說:「昨天晚上有人看到他在車站。」

「也許看錯了。」外公氣憤的說:「那些奴才。」

「各位辛苦咯。」外婆和顏悅色的說:「如果眞回來了,我一定會叫他去投案,這些年輕人就是不懂事。」

「什麼不懂事！妳這沒頭腦的女人！」外公說：「不懂事能考上大學？」

「好了，阿伯，不要生氣。」一位在縣政府任秘書的子弟，勸慰著說：「是年節呢！這幾位先生要不要和我們熱鬧一下，留下來喝幾杯？」

「不不不，我們就走了。」帶頭的警察說：「打擾了，打擾了。」

祈安醮的鑼鼓繼續在村外不遠處的王宮廟裏擂動；不時的，鑼鼓聲中也傳出激揚的嗩吶。但是祭典慶豐收的熱鬧氣氛已經滲入了陰沉的灰暗，即使午餐的酒菜擺開，也沒能澆熄外公的憤懣和怨恨；正相反，那酒菜弄得許多人激動了起來。

「這什麼世界，天下有什麼公理？」一位造紙廠的職員面紅耳赤的說：「你們誰說個道理給我聽，從前因爲我們是中國人所以和日本人拚命，現在日本人走了，我們卻又必須和中國人拚老命？」

「芋兒就是芋兒。」外公說：「番薯就是番薯。」

但是一提到日本，有幾個受過日本教育的中年人，無論醒的醉的，竟然興奮的唱起日本軍歌，把別人的話題淹沒了。

「這是悲劇，整個被戰敗的中國民族的悲劇。」一位教授感慨的說：「你說是不是？」

「我不太明白你的意思，很失禮，姨丈。」三舅正經的挺起胸膛說：「正因爲是戰敗的民族，所以更應該把政治、社會、教育，一切都要比別的民族更認眞的做起來，沒認眞做才眞是悲劇吧。」

「什麼悲劇？悲局喔？嘍！」一個半途失學的年輕人，怒吼道：「我才是眞正的悲局哩，我簡單講幾句話，反對特權、恐怖的統治、貪污，就被學校開除，幹，衰屈走沒路，在田裏爬來爬去，親像牛馬啦，這才是悲局啦。」

「你還算幸運的呢。」教授說：「沒有說你是共產黨，就算是你有祖宗積德的。」談來談去，有人又撿回了警察探訪的話題。

「如果眞的有人在車站附近看到阿清哥，他應該昨天晚上就會回來了。」誰說：「我看是看錯人了。」

「嗯，這阿清，這一陣兒不知避到那裏去了。」

「哼，最好不要給我回來！」外公氣忿的說：「好好人書不讀，參那政治幹嘛，愛說話，回來給我碰到，我就撕破他的嘴，打斷他的腿，我眞是會這樣做的。」

「李立，李立。」外婆說：「來，如果你吃完了，就來幫我忙，陪我去廟裏拜拜，有哪些人要去拜拜？」

好幾個婦女熱烈的響應；一個姑婆命令的說：「全體小朋友都必須去拜拜，會長得高，書讀得好。」

他們一羣人，挑的挑提的提，謝籃滿裝著雞鴨魚肉蔬果糕點，虔誠的走進剛收割過的田野。僅殘留著禾頭的田地，在豔陽高照下仍然廣泛著金色的燦爛；田雀成羣遍地的在裏面跳躍，不時也被廟前傳來的鞭炮聲驚飛得漫天亂舞。路口榕樹下的那小廟，平時是孤伶伶的獨立在田野之中，現在被四面八方的村人和連綿不斷的香火氤氳給淹沒了。此刻，廟前馬路對面空地的酬神戲台，也熱鬧的響起震天動地的鑼鼓開始戲場了。

「李立。」外婆將他拉著，停在路邊說：「記得昨晚的鬼吧？」

「嗯。」他說：「是阿清舅呀？」

「咦，你知道了？他躲在防空壕裏，待會沒人注意的時候，把這些錢拿給他。」

「要他回家吃拜拜嗎？」

「要他躲遠一點，再不要回來了。」外婆說：「就說是阿嬷說的：再不要回來了。」

「知道了。」李立說：「叫他再不要回來了。」

——原載一九八九年十二月五日《聯合報》副刊

初旅

「看到基隆港你就下車，火車站就在那附近，你記得火車站的樣子嗎?是的，就是那個中間有尖塔的黑色樓房。」父親這麼說。

日本人留下來的那個火車站是用木板搭蓋的，貼齊車站的正面，正門上高立了一個哥德式的鐘塔，像印在耶誕卡上那種外形優美的樓房;但是，整棟房子的外表塗了瀝靑油，所以是黑沉沉的。事實上，火車站的地理位置，李立一點兒也沒有概念;他只記得，車站內大批旅客橫越月台的時候，會在高架封閉的木板陸橋中掀起雜沓沉悶的脚步聲。這種流連在陰暗的空中帶有板壁回響的錯亂鼓音，差不多是他對那個火車站的全部印象;當然，這會是很強烈的印象，雖然那些衆多踢踏的脚步和聲是非常的柔軟。時常，在學校音樂教室裏，不經意的望著漆黑的鋼琴，當低音的琴鍵咚一聲響的時候，他就會想起那些奇怪的脚步聲。

母親說：「一定要他獨自坐火車出遠門嗎？你不擔心他迷失了嗎？只是小學三年級的孩子就要這樣磨鍊嗎？」

父親說：「妳不必操心，他夠聰明了。李立，你自己怕不怕？妳看，他說不怕啊，事實上沒有什麼可怕的，他只要隨時弄清楚他現在是在哪裏，將要到什麼地方去。」

父親和母親揮手道別的影子，已經在巴士的窗外消失多時，李立背部離靠，僵挺的坐在座位上，兩眼緊盯著前窗。高矮參差的住宅羣、雜亂的市場以及商鋪和街道，在窗前兩旁影片般的逐漸流轉而退去。有些景像是他熟悉的，比如每天上學的這一段路；其它則是印象模糊或者記憶空白的。不過，他很快的就不再擔心錯過基隆港或者火車站；當巴士跑在中山路上，從路旁的圍牆頂他淸淸楚楚的看到了火車站的尖塔，聽到輪船和火車的汽笛，並且聽到有乘客嚷著說：過了高砂橋就是火車站。他鬆了一口氣，把身體軟靠在椅背上，從旅行袋裏掏出一本漫畫書來看。

看是就要下雨的天氣；整片天空霧那般均勻和灰白，港灣灰沉沉的到處起伏黑色的波紋，靠岸的輪船輕緩的隨波搖擺像是一些酣睡的搖籃。對他來說，一個初次獨自出遠門的孩童，這卻是新鮮開濶的畫景；下了巴士，他興奮的站在碼頭邊的欄杆觀賞了片刻。有一隻黑鷹在高空中盤旋，當牠一路飛出港灣在港口邊山頂消失踪迹，他才邁開脚步往車站走去。

狹窄的街道上跑著三輪車和長頭的巴士；三輪車偶爾響起清脆的鈴聲，巴士的引擎卻像肥豬的酣聲響個不停。街上的騎樓下沒看到多少行人，酒吧的門口站著幾個美國水兵在談笑。剛開走一班南下的火車，車站裏冷清清的只有三兩個旅客、一個清道夫和一個乞丐。旅客坐在長板椅上發呆或看報紙，清道夫埋頭掃理地上的煙頭和紙屑；老遠看到他走進車站，乞丐一拐一脚的晃過來。

「外婆將會給我許多零用錢。」他想；同時從口袋中掏出一毛錢，這鎳幣掉進乞丐手捧的碗中幾乎沒發出聲音，而乞丐虔誠的給予他最美好的祝福。他很喜歡這些祝福，這學期他考了第二名，而他想要第一名；他長高了三公分，而他想要長高到西部片或羅馬故事中的英雄模樣。

「戴錦昌就不敢再欺侮我了。」他想：「我眞想狠狠的揍他一拳，或者摔他柔道，可惜，我不夠強壯又不會柔道。」

他買了火車票就站在剪票口等車；從欄杆的間隔中，越過兩個空曠的月台和幾道鐵軌，他望著一台漆黑的火車頭。這落單的車頭是閒在那裏休息或者待命，只在車頂的噴口冒著一縷縷乳白色的水蒸氣，像是一頭喘息的巨獸。

旅客逐漸多起來了，在他背後排起長龍。一會兒，在一陣尖長的氣笛之後，另一台漆黑的火車頭拖著一排黑色的車廂衝進月台；閃晃的窗玻璃上印著一張張疲憊的陌生人的臉孔，而霧般的蒸氣中冷亮的車輪成串的滾動。他立刻就又聽到像錯亂擂鼓的沉重腳步聲，當下車的人羣像潮水般的流出車廂，流過月台又鑽進那道浮架在半空中的木板陸橋。忽然間，車站裏的廣播系統也響起來了；播報這班北上的列車進站，也播報東線的列車開始剪票。一時之間，人們相互招呼、脚步雜沓以及廣播的迴聲和音樂，哄鬧的攪雜成一團。

「往宜蘭的車子停在哪一個月台？」他遞出車票，心想應該如何請教剪票員。「我應該說：請問往宜蘭的車子——」他因爲羞怯而開不了口；他甚至還沒擬好措辭，就被後面的人推擠上了月台，夾雜在流動的人羣中不知所措。瞬間的迷失感使他覺得慌亂；他曾經有一次和母親在月台上趕車奔跑，這記憶使他不安。因此，當他找到月台並且確定自己應該是無誤的上了車，仍然心有餘悸。

「這車眞是到宜蘭嗎？」他想：「我應該問一問別人。」但是，即使身旁坐下來一位看來親切的小姐，他也再三遲疑，最後只能呆坐著注視窗口。

來時的路上跑著一輛巴士，他只能看到巴士的車頂沿著鐵道旁的圍牆行進；這車在一個招呼站停駐了片刻，繼續爬一個斜坡而露出原形。以後，隨著這輛巴士的行進，他看到環港的山巒已陰暗的褪盡了最後幾分綠意。忽然間，雨下起來了；幾點在窗玻璃斜打出潮溼的斑痕，繼而大片的溶化扭曲並且模糊了全部的視景。

「小朋友。」當列車緩緩啓動的時候，坐在身旁的小姐，親切的問：「你一個人要去哪裏？」

那時候，他剛從旅行袋抽出火車時刻表，翻開內頁在裏面夾進一枝鉛筆。「我去宜蘭看外婆。」他說：「這車是去宜蘭呵？」

「是的，你幾年級了？」

「開學是四年級。」

「你一個人去宜蘭，知道在哪一站下車？」

他堅定的點了頭，臉上浮起幾分神氣，然後，他翻開火車時刻表說：「我可以對照每一站的站牌，我到了——」仔細看了火車時刻表上成串的車站站名，他說：「我到了頭城就要準備下車。」

「嗯。」讚賞的點個頭，這個小姐說：「這是個聰明的辦法。」

列車駛過一個平交道，在一陣清脆的警示鐘聲中完全的離開市區，在低矮的山褶間沿著山邊奔行。

「坐在這邊我們在路上會看到海。」

「是的。」他說：「我記得，所以我坐在這邊，我如果在海上看到龜山島，我就快到宜蘭了。」

「你是聰明的孩子。」

他因爲被讚賞而微微的紅起臉來，他的心情完全開朗了，再也不擔心自己會迷路。「但是我好像沒有表現得很好。」他想：「我一半靠運氣，我並沒有弄清楚月台在哪裏，雖然我確實是自己找到了車站，我應該問那個剪票員或者問問別人，那麼我就不會在月台上慌張亂跑，我實際上是半猜的跟著別人走上這班車，心驚膽跳的流了一陣子冷汗。」吸了一口氣，他又想：「下次我就知道了。」

轟一聲，列車鑽進隧道。在窗玻璃上的映像中，他看到自己稚嫩的小臉，那位小姐美麗的眼睛和潔白帶有綉花邊的軟衣領。「你知不知道到宜蘭要經過幾個隧道？」她說。

「三個。」他說：「經過第三個就可以看到海。」

「我想起來了，好像眞是這樣，你眞是一個聰明的孩子。」她說：「你讀哪個學校？」

「光華國校。」

「光華啊，那是個好學校，我在崇信國校教四年級。」

「崇信，他們把我們打敗過一次。」他說：「他們的躲避球隊把我們的躲避球隊打敗過一次，把我們打哭了，但是我們校長說我們已經非常勇敢了，我們全校一共只有十二班，你們有四十八班，你們人多，但是每一年的音樂比賽我們都拿冠軍。」

「嗯，你們學校的音樂和美術教育很認眞，是很有名的。」

「我會看五線譜。」

他很輕易的就能夠看到八堵站的站牌，立在月台上那大片白底黑字的站牌，當列車停下來的時候，正好就和他面對面的站在窗口。他打開火車時刻表，在八堵站這一欄用鉛筆打了一個勾，看了看手錶，他說：「車子慢了三分鐘。」

下一站的暖暖站使他的想像發生一點錯亂並且心慌，他的窗口這次是面對鐵道下的一條馬路和基隆河，在對面的窗口他也沒能看到站牌。

「你不必心慌。」那位女教師指著火車時刻表說：「就是這一站，其實你也不一定要看站牌，這種普通車每一站都停，所以每次火車進站你就可以在每一站打勾，當然，喔，不過你要注意，有時候因爲會車，火車並不是停在站裏，所以你還是要站起來在走道上走一走，找一個站牌看一看，月台上總會有幾個站牌，有時候站名也會寫在圍牆上，無論如何，到福隆站以前你可以完全放心，我都在車上，我在福隆站下車，我也是去看我外婆，你外婆一定很疼你。」

「對。」他說：「她會在一個很大的鐵箱子裏裝滿餅乾和糖果，每天也會給我零用錢，我外公也很疼我，還有我舅舅，我有一個小舅舅很會抓魚抓鳥還抓蜻蜓。」

「那一定很好玩。」

「還抓烏龜喔。」

他們東拉西扯的又聊了幾句；然後，他打了幾個盹，勾了頸子就睡著了。

列車在雨中的山坳裏搖晃；長滿灌木叢的山陰鬱得像畫，在窗外連綿開卷。山腳下的河水流得十分沉穩，偶爾才在幾處淺薄的礁棚上弄起跳躍的水花和喧嘩的聲響。

在隨後的路上，視景越來越灰暗；房舍和車站都積染了煤塵的黑影，像一堆堆零亂褪色的積木。

「便當！便當！」一個小販在月台上邊跑邊喊。

被吵醒了，那位女教師抬起臉來，望著窗外兩堆金字塔般的煤山說：「我們一定到瑞芳了。」

「車子剛停。」他說，一邊好奇的望著遠處走的兩個赤身裸背的人影；全身沾滿煤泥，他們看起來就像剛鑽出地獄的魑魅。「那是什麼人？」

「那是礦工。」她說：「他們在地底下挖煤，那就是他們挖出來的煤，那種工作很危險、很可憐，所以每一個人從小就必須用功讀書。」

「我這學期考第二名。」他說：「只差第一名兩分。」但是，他並不覺得高興；滿天灰雲、雨水和煤塵所攪渾的景色，怪異得令他全身發冷。此外，當列車再度滑出月台，那些小販奔逐在月台上的最後呼喊，也使他想起音樂教室牆壁上間隔懸掛的那些穿黑色禮服的音樂家肖像。

在以後的路程裏，列車駛過一道跨溪的鐵橋鑽進一條漫長的隧道，接著又鑽過一條短暫的隧道，然後，窗口再沒什麼新奇的風景。

「我們就要看到海了。」那個女教師說：「再一下子我們就要看到海了。」

「你是不是要下車了？」他望著火車時刻表說：「下一站就是福隆。」

「是的，我想你也會安全的在宜蘭下車，這個火車時刻表是個好辦法。」她說：「你眞是一個聰明的孩子。」

下車以後，她特地來到窗口拍了拍窗玻璃又比了比大拇指，但是，他立刻又緊張起來，尤其在列車離開車站的時候，他發現車廂裏的人下空了大半。他數了數火車時刻表上剩餘的車站站名，對了對手錶，還有近半的路程。

「時間過得眞慢。」他想：「但是有時候時間也過得很快，時間眞是奇怪的東西。」

窗口一望無垠的太平洋也開始使他想家，在風中追逐的浪潮尤其使他想學校的同學和鄰居的朋友，暑假，他們總是成羣結隊的在學校玩球、在港灣裏戲水或者在樹林中做遊戲。

「今天下午他們說好去游泳。」他想：「因爲下雨，他們這時候一定是躲在那片礁棚下面。」想起他們光著小屁股在水中互相戲弄的歡樂模樣，他不覺得莞爾一笑。「但是父親不喜歡我整天和他們一起玩耍，他寧願我在鄉下的草地或者泥地中打滾。」他想：

「他一定有他的道理，但是我不明白，那些同學他們爲什麼不去鄉下，也許他們沒有鄉下。」

偶爾有一兩輛汽車在窗外的馬路上溜過，沿著鐵道的這條馬路，光禿禿的，看久了令人發悶。灰沉沉的海面、陰暗的雨以及溽暑的熱空氣，也令人昏昏欲睡。

「我應該振作起來保持清醒。」他想，並且坐正了身體搖了搖昏沉的腦袋。「這次我並沒有做得很好，我是匆匆忙忙的跑上月台，而且是被一羣人半推半擁的擠上這班火車，雖然我上對了火車，但是我並沒從頭到尾清清楚楚的，我碰了一半的運氣。」

他望了望車廂，所有人都垂了頭，被車頂上喀喀作響四處打轉的電風扇催眠了。

「時間過得眞慢。」他想：「我還沒看到龜山島。」

他始終沒能在窗口看到那個屹立在海中的龜山島；在漫漫無期的等待中，他也被那些喀喀作響的電風扇催眠了。

他睡了好一陣子，然後開始作夢，他夢到一頭灰色的水牛在柔嫩的草地上吃草；他甚至於清楚的看到牠的舌頭和牙齒一捲一咬的，唰地一聲，將一把嫩草捲吞入口。在草徑的盡頭，他看到幾尊黑臉的神像；它們或坐或站，但是只一會兒，它們全都張牙舞爪的向他急奔而來。在一陣驚慌之中，他一頭鑽進一列急駛而過的火車；這車滿身白騰騰的籠罩蒸汽，正要衝進月台。他隱約聽到廣播說：宜蘭到了，宜蘭到了，下車的旅客請過天橋。他轉了轉眼珠子，但是沒能睜開眼皮，只能聽到一羣人前呼後擁的鑽進木板陸橋所發出的低沉鼓聲。

列車越過一道跨河的大橋，在河谷以及他的心底轟隆作響。一會兒，又一聲急促的汽笛終於將他驚醒。

在潮溼的窗外，他沒能看到海，只看到大片大片的水田和遠處稀落的農舍，還有一路下過來的斜斜的雨。

「我一定睡過頭了。」他抹了抹一臉悶出來的熱汗，望著手錶說：「我看，我是睡過頭了。」

他再度低下頭去數火車時刻表的站名，而列車飛快的在灰濛濛的雨霧中繼續奔馳。

「沒什麼可怕的，我下一站下車，再坐車跑回頭就是了。」他自言自語的自我安慰，並且想起父親的話。

父親說：「事實上沒什麼可怕的，你只要隨時弄清楚你現在是在哪裏，將要到什麼地方去。」

——原載一九八六年八月廿二日聯合報副刊

符號與靈視

——評東年《落雨的小鎮》

蔡源煌

「那是個黃昏，在台北車站前等車。路旁、天橋、地下道，到處是忙碌的行人；火車、巴士、機車、轎車，嘈嘈呼呼地弄得一天空茫茫的藍色煙霧；那些冷漠的聳天街樓，這一切使我覺得——其實，當你們那些小孩敢把蛤蟆扔在那個呃，你那個可憐的啞叔公床下，田園生活的結構早已經解體，所謂的親情、友愛、誠實、公正……一切。」

「那個黃昏，我擠在巴士裏，從窗口望著街上人車交雜的影像，使他們心腸變黑的空氣——天知道財富從哪裏來的，而人們從四面八方追著，你爭我搶是眞的，甚至土地也瘋狂起來，不像她一向的寧靜，狂歡地張開懷抱向它吶喊：來吧！來吧！」

上引兩段話是東年筆下的一個人物（桂桓）所說的，它們表明了東年第一部短篇小說集《落雨的小鎮》（聯經，六十六年十二月）的立場。《落雨的小鎮》收集了十篇作品，其中除了〈酒吧〉題材略有不同，其餘各篇所涉獵的顯然有著一貫的立場。這一部集子的扉頁赫然寫著：獻給在轉換的時空裏迷失的心靈。如果〈酒吧〉一篇意示風格、題材上的一個轉捩點，它也代表了東年習作階段之終結。而《落雨的小鎭》這一系列的習作成績，乃是在「解剖現定的時空」，揭示其中之「殘酷的肌理」。

現代化既是社會進化所必經之途，而本文開頭所引兩段話所稱的現象已是既成之事實，現階段的社會型態、文化格局幾已定勢，無以扭轉，作者本人雖然身爲此一「現定的時空」之一份子，亦絲毫未減少他對失落的「過去」的那份傷感；儘管理智、常識告訴他時下是不可能「回到過去」了，他並沒有放棄「過去」的價值觀，更無意與時下人們的掠奪意識妥協。作者對於舊有的祥和秩序之眷戀，帶有幾許愁緒與美感，但絕無絕望的成份；相反的，是對某種消失殆盡的價值觀所做的最後肯定。然而，這不是投降：「每個人都有一片豐盛的土地，任何破壞力無法觸及，在心裏。」

東年面臨一個僵局：屬於田園的、土地的秩序消逝得蕩然無存，最安分守己的誠實人家突然間被逼迫去適應別人強加給他們的陌生領域，田園、鄉土成了一個歷史名詞。孩提時代夏夜裏講故事的老輩都走了，不再有人傳述那些故事。作者甚至把這份田園的眷戀推溯到更遠的過去：「我自己不曾眼見那陣榮耀而平和的生活，長輩的人說是清同治年間，現在故宮博物院還存放著一個硯台。」說話者的祖宗有人曾經中舉，是前清的進士，作者將田園秩序與此一「歷史」人物相提並論，使他的僵局倍加細膩。古舊的紀念坊已然褪色而剝殘，華屋巨宅一度的輝煌已然黯淡。田園庶幾成了一種模糊的眷戀。但是，他卻仍清醒地意識到，「土地上原有一些古老的、智慧的可依託的法則和訓誡，我們的祖先遵循且力行證明祂的珍貴和眞實。」「鄉土中人們原會以血或淚緊密的連絡；離開土地，他們變成散異地甚至於尖銳相對的個體。」他甚至覺得依戀著土地是「落伍的」，因爲——

和平已經消失了，至少正在退隱——本來，這裏只有遠處一條馬路，運河沙的大卡車看起來一個小點，街區更遠，隔著大片田地，在河岸的樹林後面又隔著另一片田。……（如今）河塡了，樹林剷除，街市裸露她的妖騷，喧鬧地侵占，可惡地伸展灰揚的公路，霸道地截斷荷塘和另一頭的城市勾搭……農人紛紛地把祖傳的土地讓給不相干的貪婪的陌生人……。

從歷史的觀點來看，也許這樣的一個主題根本就不必小題大作——前文已指出時空的轉換是種必然性。然而，在處理此一主題時，東年讓每一個細節都具有深邃的內在反響及文學聯想。東年的手法是不能稱爲寫實的：他是一個傑出的符號製造者，他能在所見所聞的事物中獲致意義，甚或賦予它們一種哲理。他運用這些符號去創造一個內在領域，並且使它們的意義建立於人與外在世界的關係。他心目中的人道精神隸屬於一個古老的傳統；他所謂的「人」與動物有著天壤之別。東年相信，現代行爲主義所揭櫫的獲取能力是不人道的、是動物性的。

〈搆不著的圓〉裏的犧牲者（一個二十三歲的大學生）自問道：我快樂嗎？答案是否定的！他說：「我的厭惡是因爲我的關心，我不關心就不會感到厭惡。」他對快樂所作的界說也許是世界上最曖昧的一種：

> 我應該簡單得像隻變形蟲，以易於通過人生路途上的每一個阻礙點，雖然這樣我並不會形式地通過……。爲什麼一定要奇怪地在古典音樂的悲份裏乞求快樂？假裝不喜歡女子的乳房和陰道裏的喜悅？即使剛吃過生力麵或臭豆腐的嘴唇也能嚐得極大的歡欣。生活以這個爲中心的倫範，正是自然明寫在這個時空的經典、誡條那樣地力勁。

這裏所謂的自然，乃是現實法則的代用語，而人的動物性是自然的一部分。動物性所能賦予人的祇是肉體感官的快感，而非快樂。至於什麼是「快樂」，他並沒有進一步說明。他祇是提出一些反面的例子，比如說，他的家人並不覺得不快樂。賣了田地那一陣子，他的大哥買了摩托車，成天進城去花天酒地，享受嫩皮膚的女人；他的父親整夜躲在彈子房上豪賭；母親不管事了，成年水泡裂的粗脚舒適地伸展在長沙發上看（電視）布袋戲、聽歌，欣賞明星們可笑的愚蠢或肉麻的做作。（無論如何，他們是被娛樂了！）可是，他嚮往的是人道的快樂，而不止是動物性的享受；他相信人與動物是不同層面的存在，而且是衝突的；他關心人道精神的沒落，厭惡動物性的高漲。

符號是人對外在世界認知的表徵。符號的斟酌蘊示藝術表現的無我而超然；因此，得力的符號應該也能夠代表一種不變的事物之存在。就如〈作品〉一篇的年輕藝術家所說的：「藝術是給描述的對象賦以一種形而上的意義。」

在〈作品〉一篇裏面，東年讓一個年輕的藝術家來做爲代言人。早先，藝術家構想著即將在展覽會上公開的一項作品；他表示要讓它成爲一個預言的作品。後來，年輕的藝術家改變了主意：「我仍舊要他（作品）演說，不同的是把嚴肅的預言改成可怕的控訴，由先知變爲受難的使徒。」現在問題不在於由預言改成控訴，而在於作品之人物由先知變爲受難的使徒。藝術家既然開宗明義地說他的人物是一個使徒，他的受苦受難無疑在給人一種啓示(apocalypse)；更恰確地說，這個作品人物本身便成了一種象徵符號。他向讀者描述這具「作品」的輪廓說：

他有一副人猿的軀體，隱約留著進化不足的尾巴折在屁股底，手背黏著一個乾癟的乳房，他甩這手像要甩掉可怕的疥瘡，那隻右手倒是人手的細膩，卻搔抓著臉上梅花斑的腫爛，朝天鼻貼著臉中心屬於無神的黑猩猩，痛苦地張著嘴，露出煙燻而缺殘的亂牙。

符號之爲用乃在組合作者心底之觀念，精確的符號就是藝術的勝利。引文中這具「軀體」痛苦地張著嘴，卻吐不出話語來，幾經藝術家的組合過程，它的痛苦始被表現出來。這副人猿塑像影射一種存在的困頓。他的實存外形已經被藝術家有意地扭曲；年輕藝術家相信，生命在某些方面上是極爲不堪的，人獸之間所差幾希！這具「似人」非人的作品，「同樣會使一個近代的藝術家神經質地恐懼」：它具有人的外形，卻同時保留了原始的猿類形狀。臉上梅花斑的腫爛、疥瘡都是生命殘敗的象徵。可是它的痛苦也僅止於無言的折騰和動物性的動作。藝術家神經質地恐懼，恐懼是否把握了這種生存狀態的本質，是否把握了精確的符號！

藝術家早先已說過要使這具作品人物成爲受難的使徒，也就是說屬於「他」的那種生存境界是一面照鏡，其目的在爲世人提供某種啓示或警世的寓言。啓示性作品之一特徵是：創作者有感於現定時空裏之歷史、現實殊難之處，被迫去擁抱某種悲觀的靈視；然而他所要傳達的絕非一味的悲觀、消極，相反地，他以悲天憫人的英雄姿態提出某種認命的(amor fati)出路。職是，此一出路的抉擇必定是可觀的，因爲它絕不是一個夢幻作家的狂想曲，而是在意識最清醒的時刻長期醞釀出來的。

《落雨的小鎭》所收集的十篇，藝術成就最爲可觀的當數〈搆不著的圓〉、〈青蛙〉、〈酒吧〉三篇（關於〈酒吧〉一篇，請詳六十六年九月《中外文學》拙作〈檢討六卷三期的小說〉，本文中不擬贅述）。

〈搆不著的圓〉情節梗概，前面已約略廓出：一個農家把田地賣給別人建工廠，父親拿了錢耽溺於賭場，而致破產，服毒自殺未遂，此刻人在醫院；大哥成天醉死在城裏的酒家女人堆裏。家裏的小兒子——敍述者——賣身給工廠，準備開工時爬煙囪帶火路。

全篇完全是以敍述者的獨白與冷酷的自我分析來貫穿。嚴格說，敍述者的態度是反自我的。敍述者輾轉床榻，想著明天早上無論如何得拚命爬出煙囪。夜闌人靜，他保持絕對的清醒：「黝黑裏，我還是敏銳地覺察葉叢的輕移。」他說道：「恐懼，深夜一般密稠，正可怕地呑噬我」，接著自我解嘲說：「沒想到我竟然能夠說出這樣奧妙的言詞」。失眠的最後一夜，鬧鐘的定時對他已不再具有任何意義，索性溜下床，走到外面等候天亮。

早先，在床榻上，竭力想睡過去，可是醒覺依然。爲了消磨時間，於是——

想起沿著中心線剪開一個二次平面的紙環；且繼續地剪開變化出來的紙環，結果會是許多糾結著的紙環，一次平面的和二次平面的，或者難以解釋的。也許電腦可以計算出最後的結果，甚至精細地描述每一個過程。然而，爲什麼會那樣，仍舊是個難解的糾結，好像那結果是個很複雜的糾結。只是一個反常態的扭轉竟然會變成那樣怪異？我和自然之間一定也有扭轉存在。如果沒有，像平常的、簡單的紙環，無論剪幾次都是原樣，那是同步的寓意。我一向所因循的假設裏必定有錯誤，自然和我並不和諧；較明確地說成：自然並不關心我是怎麼樣，曾經怎麼樣，將要怎麼樣，說得更扼要——依照什麼格式地生活。

這一段文字，讀起來必定教讀者費煞苦心。扼要地說，祇是在揭櫫人與自然之間無法「同步」——無法臻至和諧。東年的「自然」幾乎跟哲學上的用法一樣繁複，更微妙的是東年的自然是自然主義的。說得具體些，乃是現定時空裏的無情法則。自然被描述成冷酷的現實，對於人的關懷渴望以及基本生存樣式漠不關心。東年用了一個位相數學的譬喻，將自然與敍述者的關係比成扭轉的紙環。一片長紙條，祇要將兩端順勢銜接，便構成一個「平常的、簡單的紙環」，沿著這個紙環的中心線剪開，便成了兩個分開的「平常的、簡單的紙環」，依此類推，無論剪幾次都是原樣——那是代表人與自然的和諧。然而，若將長紙條扭轉一次、或兩次，再將兩端黏合，如此沿中心剪開，便成了兩個糾轉而連鎖住的環節。「我和自然之間一定也有扭轉存在」：因爲未經扭轉的紙環，從縫合點的一端到另一端，便算通過，而扭轉的紙環任你怎麼通過，還是通不過——當你通過了一個環結，展現在你脚下的又是一個環結。自然和人之間有了扭轉，生命便被複雜化了，像是一連串糾轉的環結。你一再地追逐，卻永遠搆不著那種代表自然與人同步之圓。

敍述者說，他也許應該使自己「簡單得像隻變形蟲」，不去執著於他個人的要求，「以易於通過人生路途上的每一個阻礙點」。可是，他又說：儘管如此，「我並不曾形式地通過」，因爲即使是一個平常的、簡單的圓，雖然「沒有糾結的本質」，「卻是同義」：因爲這個簡單的圓也可能是「向裏緊縮扼殺的環結」。惟此，煙囪也是一個簡單的圓，雖然它不至於「向裏緊縮扼殺」，令他「手脚放不開」，可是它的「扼殺」仍舊是可怕的：

臨到這一刻我纔意識到人只能活一次，爲什麼以前都不曾如此強烈的意識，我也纔無知地以爲自己是活著一天接一天直到永遠的念頭是愚蠢的。死亡的陰影不是無聲無息地突然降落在我身上？昨天我還想著明天去河源的湖上釣草魚，也許我大哥當時正想著第二天還去玩那個女人？

這時候，他象徵性地通過了一個圓：「我彷徨地繞著煙囪的底座」；同時，「難過我過去對生活和生活的錯誤看法，也懊惱思想習慣的全盤混雜」。不錯，本來就不應該刻意將生命弄得如此複雜！然而，不可否認的，悲劇祇發生在具有強烈悲劇意識的人身上！時空轉換既成事實，過度眷戀某種已失去的東西，就註定要被時空轉換的夾縫夾死。他沿著煙囪壁上的垂梯拚命往上爬——就像要通過一個圓（「遙遠的天空在頂上一個明朗的圓」）那樣。

我必須在最後兩分鐘爬到圓頂，天空的蔚藍啊！這路怎麼這樣長？啊！感覺光啦！上來！我的脚！過去啊我的手！我的鼻子！他媽的！你怎麼這樣懶！哇？怎麼梯子只架到這裏！

喂——怎麼可以這樣！這太好笑了！

哈哈哈！這太好笑了！

喂——怎麼可以——

就題材而言，這也許是一篇問題小說；如果光從前文所做的情節摘述來看，益發有這種感覺。可是，從另一個角度來看，祇把握到這個基本架構的表面意義是絕對不夠的。本篇小說中，作者曾寫道：「煙囪像巨大的陽具，躍躍欲試地準備加入對自然的姦淫。」

往日的田園美景於今安在?「幾個小孩赤著脚,在水塘裏抓鯽魚。水枯落,腐爛的蓮蓬東倒西折地遮掩臭味的黑泥,圓圈的小水窪稀疏地散布其餘的空地,魚擱淺在那裏,在黑藍色的污水中殘喘,冒起髒色的水泥。」如是觀之,煙囱的含意就很明顯了。同時標題名爲「搆不著的圓」,乃是根據人類最原始的一個神話——亦即完美神話——而來的。圓若是代表一種完美,則人所能追求到的「完美」,充其量也祇是不完美的美;完美成了一種憧憬,當你愈接近它時,你覺得它愈離你而去。煙囱是一座圓,煙囱頂上的天空是一個明朗的圓;煙囱底座轟然響起的濃煙和氣勢催得好緊促,但是當天空的圓呼之欲出時,你發覺梯子架不到那裏!生命本來就是如此,人世的境況本來便是如此!

〈搆不著的圓〉的結局無疑是最上乘的。〈作品〉一篇的年輕藝術家說:藝術家的工作不在支配形態,而是在使形態適合於內容,因此形態與意義若不能同步的話,不論古代或近代的作品都算是藝術上的失敗。這一段話可以說是完整結構考慮的一個絕佳註脚。當然,小說是一種文字敍述藝術而非造型藝術。造型藝術可以以一個「似人」的作品來意示生存水平面的貶抑,可是小說藝術在表現上則無法如此直接,理由在於小說的媒介——文字——本身明示力較造型藝術來得含蓄。小說成功與否,形構之完整是一項先決條件。小說之形構考慮(包括情節統一性、戲劇性、文字張力、高潮等細節),使讀者亟欲一口氣讀完它;隨著最後結局的戲劇性安排,讀者先前那種預期式的好奇心突然像是到達了爆炸點。

〈青蛙〉一篇的情節甚爲簡單，描寫一個自以爲很體面的人——桂桓——來到一所中學找賴，打算到蘭陽平原附近找一位同學譚買土地，因爲桂桓獲知那塊地附近不久就要都市計劃。談判結果，譚不賣。譚不賣土地，不是由於價錢談不攏，而是由於他對土地的依戀。賴是被找來說項的，可是他祇顧逗著村裏的小孩玩，一句話也沒幫桂桓說。他表示：願意來鄉間是爲了要聽蛙鳴；可是，故事結尾聽到蛙鳴的倒是桂桓而不是賴。他們都是來自鄉村的人，「最初的細胞」都屬於田地。儘管桂桓熟知現定時空的殘酷肌理，聽到蛙鳴也會令他失眠！他的商業掠奪行爲，並非完全沒有折騰。蛙鳴意示他自己的眞正根源：他也是來自那片土地，而卻回過頭來以資本搜刮那土地。

本篇可以說是小說中別有小說。在上述這個大架構之內涵括了兩則插曲：一則是賴訴說他爲什麼急於回鄉下來聽蛙叫；另一則是桂桓自述他在城市的無情際遇。兩則插曲的指標是不謀而合的。前一則，賴訴說以前他們孩子們喜歡作弄一個啞巴叔公，抓到癩蛤蟆，將辣椒塞進蛤蟆嘴裏，扔在啞巴床下，讓它叫個不停。小時候，賴發現了一個烏龜洞，過幾天，洞裏烏龜不見了，不過，卻來了一隻大青蛙蟄居在那裏。夜裏，啞巴叔公把大青蛙釣走的時候，賴躲在暗處把啞巴嚇死了。這件事對賴來說，在懂事以前祇覺得是個可怕的回憶，以後則成了一種「啓蒙」——事實總是如此，予取予奪的社會，誰先下手誰便是得主。聽蛙鳴多少是一種心理彌補。

另一則，桂桓敍說他在淡水往台北的公路旁，看到一位被車撞傷的水泥工婦人奄奄一息。桂桓將自己的摩托車停在路旁，雇了計程車將婦人送到醫院；可是婦人臨死前竟一口咬定是桂桓撞了她。婦人是個寡婦，留下幾個孩子，當然希望抓著禍主賠償，否則孩子怎麼辦？臨死的那一刻，卻賴在桂桓身上——桂桓不忍心見死不救，換得的不但是摩托車被偷，而且還惹了一肚子冤屈。

雖然買賣不成，他心裏還念念不忘要向這塊田地開刀，因爲他不來別人照樣會來。這乃是社會變遷中最殘酷的肌理，也正是在〈摶不著的圓〉裏面所說的「我們的時代，一個人沒有擊敗別人的意識，就不能生活得較好，甚至，無法生存。」而本篇中則說是因爲社會變遷之下的強大意志領先，或者是個人欲望衝動的組合。

本篇之結局最矛盾的是：他的同學是專程來這裏聽蛙鳴的，最後，聽到蛙鳴的卻是桂桓而不是賴。桂桓說（本篇最後一句）：「忽然我聽得幾聲微弱的蛙鳴，在遠處，遙遠得好像賴說的故事。」就如小說裏面所交代的，在社會變遷的強大意志領先之下，個人淪爲無法自主的奴才，個人予取予奪，爲的是物質滿足的領先；可是，就個人的慾望衝動而言，慾望像一頭野獸，當你被迫去逗它，甚至制服它的時候，也難免弄得自己創傷累累。桂桓失眠了！本篇結局如此的處理，反諷意味十足。

舊有的田園秩序消失，人們彼此之間的友愛變得相當吝嗇。〈沉默的大河〉一篇裏的瑜是一個私生子，她的外公和鄰居都對她冷眼相待。瑜的母親鳳是這一家的三女兒，外公卻連提都不提她。駛出去找事情做，把女兒留在外公家裏；女兒沒有人去細心照料，仲夏的日子仍然穿著背心和毛短褲。外公的白眼、不寬容的眼神，令她畏縮地躲到稻草團後面，恐懼地逃走。小孩子何辜？連她的嬸婆，儘管在外婆的面前貓哭耗子假慈悲的憐憫她，外婆稍一離開，「那惡意嘲笑的巫臉」，教瑜受不了。最後，瑜淹死在「沉默的大河裏」，其意義與〈搆不到的圓〉裏的烟囪是相同的。大河之所以沉默，其意義也極爲明顯：自然並不在乎個人依照什麼方式生活。

關於人與人之間彼此的友愛之消失、情感之萎縮、男女關係之墮落，作者在〈無花果樹〉、〈公園裏的鐘聲〉裏有更詳盡的描述。早先，在〈一百隻鴿子〉裏，作者已經處理過這個問題，描寫一個女孩險遭蹂躪。可是在〈無花果樹〉裏的賈愛（賈諧音假）——原名正男、妹妹愛玲以及故事裏面的客人，可以說是三種不同墮落的愛的寫照。賈愛是一種偏執、自我陶醉的人格，總覺得比別人高貴而且值得驕傲；即使他對別人有所關懷，也從未付諸行動。他是一個大學醫科的學生，成天只曉得唸書，他的女朋友淑瓊，最後選擇了別人。客人的哥哥曾與賈愛的二姊相戀，談及婚嫁時，由於門戶不相當，爲賈愛的父親所拒，旋又被車撞死。父母雙亡，兄長又不幸喪生，客人舉目無親。客人從南部調到台北來，賈愛的二姊寫信要她和賈愛他們住在後者的姑媽家。客人的丈夫在美國另結新歡；聖誕夜，客人想不開，吞服安眠藥自殺。賈愛的妹妹愛玲則成天和男同學厮混，夜不歸宿，不小心懷了孕，正愁著設法去打胎。

〈公園裏的鐘聲〉敍述者是情感枯竭的更好寫照。敍述者到醫院探望了癌症的未婚妻聲明。他不但虛與委蛇，而且自以爲優越地想：未婚妻一舉一動都在乞憐。聲明依偎在他的懷裏痛哭時，他「無法抑制的噁心混合反射的憐憫，像一股寒流衝擊潔癖的官感，抖起兩袖疙瘩。好一會兒，纔能反應她的悲哀。」

兩個護士來看聲明，他出去一會兒。護士走後，他從鑽孔窺視聲明——可憐的、蒼白的聲明沉思地跪在床上，凝視著無名指上的指環。然後他走進去，抱著她。敍述者說：

她把雙手交叉在兩肩，嬌羞的面頰擱在上面，用病愁而美麗的眼神望我，我輕輕地吻她，她脆弱的嘴唇吞食了我，顫抖的手勾住我的頸子，慢慢地睡倒在床上。我害怕那狂野的力勁，企圖禮貌地站起來，聲明以乞求的眼光望著我，我只好憐憫地用手梳理她前額上汗溼的頭髮。

雖然聲明與他已有未婚夫妻之名義，他到醫院來看聲明似乎也像在辦一件無聊的差事一樣。醫院的陰霾聯想與外面的生機蓬勃對照，令他莫名其妙地想逃避。訂婚定情的觀念在這種情形之下已無實質意義。

死亡的意念使我害怕，害怕那張蓬鬆披髮的臉孔，無生命的凝視，我瀆神地把她摔在床上，逃走的意念很快地升起。突然，公園的鐘樓沉重的悲鳴，我驚愕地停在門口，遲疑地不能決定是否回頭在那可憐的冰冷的唇上告別地一吻。深長地呼吸一口氣，悚悸地走出房門，走下樓梯，走出詛咒的走道。

〈落雨的小鎮〉，是中篇小說，其主要情節敍述簡來到小鎮尋找他的堂妹安平的經過。簡的祖父，曾因一宗盜林案必須坐牢，簡的叔父代替祖父去坐牢。叔叔還在獄中，祖父就死了；簡的父親，獨自變賣了家產。簡的叔叔出獄之後走投無路，便去投靠簡家的一個世交，被招贅爲婿，改從張姓。叔叔的太太蓮姨因爲小時候騎單車撞著了計程車，生理上有了某種缺損，叔叔怪她不是處女，洞房花燭的初夜都不完整。日後兩人關係疏離，不曾生育子女。一天簡的叔叔開車撞斷了一個水泥工人的腿，使這個人變成殘廢無以謀生。但是並沒有人知道是他肇的禍。他在報紙上看到了犧牲者一家的困苦，於是收養了這家人的女兒安平；那時候安平才八歲，如今已是二十三歲。當簡來到小鎮時，叔叔已不住在原來那條小街上；爲了在小鎮尋人，簡就暫時住在他媽媽的乾女兒宜欣、宜怡家裏。小說於是又扯出乾女兒家的女佣人（安平的親生母親）以及安平的親弟弟秀雄與宜欣的關係等情節。秀雄得了肝癌，住在醫院裏，自覺花費母親不少的錢於心不忍，在一個雨夜裏溜出了醫院。安平的養父，開車去與他的姘婦幽會時，不意碰上姘婦正和別的男人苟且；當晚，又因爲獲悉安平離開工作和家裏，安平的養父心亂如痲，開著快車回家，碰巧在路上把秀雄撞死了。這一次，又沒有人知道他是禍首。安平離開養父家後，蓮姨以爲安平回了老家，就到安平生母家探視。簡在路上碰上蓮姨。叔叔因爲簡的父親趁他在獄中時獨占家產而耿耿於懷，但是簡毅然到叔叔家。簡找到安平的時候，她已經在鄉下遠親家住了幾天，決定留在那裏當小學代課教員。最後，所有牽涉到的人物都在小鎮上參加了秀雄的出殯行列。

簡和安平見面，就決定將母親給他的一顆戒指送給她；戒指是簡家女主人的傳家信物。簡的此一舉動，雖然不無贖罪的用意，卻很明顯意示了一項偉大的抉擇。（安平曾受一個男人玩弄，打過胎；本篇小說中，安平又上了一個男人的當。）事後，簡趕著要搭小鎮的最後一班夜車回家，安平要他留下來等明天再走，簡答應了。小說的最後一幕是：兩個人望著最後一班夜車駛出月台。火車載走了一段殘夢；明天是一個新的開始；簡和安平的結合就是一個新的開始；而這個結合，是友愛的開始。

本篇的篇幅不短，共分二十八個小節，如果將這二十八個小節做一個大綱，大約是這樣的：簡到小鎮；安平養父母家；宜怡家；安平生母家；安平遇上借她傘的年輕人；宜怡對簡的愛意；秀雄住院……。嚴格說，本篇小說在客觀描述方面不太完整，很顯然是以情節來佈局的，也許是戲劇的好材料；不過就小說而言，則祇是場景式的連綴。

然而，以東年早期一系列的小說來看，本篇是一個很顯著的分水嶺。東年覺得，舊有的秩序既已盪然無存，人更沒有理由爲自己的利益而犧牲別人。簡最後的選擇，絕不祇是男歡女愛的選擇，而是一種人道關懷的表現，其悲天憫人之胸懷，自非三言兩語能夠交代，但是擺在東年的作品系列裏，我們可以看出作者除了痛陳轉換時空當中舊有精神的喪失，還提供了一個呼籲：人應該彼此相愛！更重要的是，人必須有勇氣去將友愛付諸實現！

儘管東年對「現定的時空」頗有微詞，但是，無庸諱言的，他屬於這個「現定的時空」。了解當代的時空是一回事；爲當代想像之前衛又是另一回事。任何作家若想做一個好的批評家，必然先要有一套用以衡量現狀的價值標準。每一種文明都有它獨特的價值標準，也許蘊藏在傳統裏，也許蘊藏在個人經驗與渴望的藝術和文字表現裏。對東年而言，籠統地說，這個價值標準在於田園的一切價值觀：親情、友愛、誠實、公正……。然則，這些標準已形諸藝術表現。平心而論，《落雨的小鎮》所收錄的作品，並非篇幅鉅作，但稱之爲「力作」一點也不爲過。做爲一個啓示作家，東年給了讀者很好的課題：人需要友愛。

——原載一九七八年二月《中外文學》第六卷第九期

東年小說評論引得

許素蘭　編

說明：

1. 本引得，依發表或出版日期之先後順序排列，以一九九一年十二月卅一日以前國內發表者爲限。
2. 若有舛誤或遺漏，容後補正。
3. 本引得承蒙中央圖書館張錦郎先生提供資料，謹此致謝。

篇名	作者	刊（書）名	卷期（出版者）	出版日期
1.符號與靈視——評東年《落雨的小鎭》	蔡源煌	中外文學	六：九	一九七八年二月
2.〈酒吧〉附註	隱地	六十六年短篇小說選	書評書目	一九七八年五月

3.試窺東年《落雨的小鎮》裏的象徵	李漢呈	台灣時報		一九七九年一月十二～十三日
4.一個孤立而擺盪的小社會——評東年的〈賊〉	季　季	書評書目	七七	一九七九年九月
5.魔境——談東年的作品	司馬中原	中華文藝	一一六	一九八〇年十月
6.孤立的先知——試論東年的小說	高天生	台灣文藝	六九	一九八〇年十月
7.談東年的小說《落雨的小鎮》	簡偉斯	文藝月刊	二一一	一九八七年一月
8.自立晚報第三次百萬元長篇小說徵文決審意見——關於東年的〈模範市民〉	葉石濤 李　喬 楊青矗 施淑女 陳映眞	自立晚報		一九八七年二月十九日
9.靈魂深處的冷——評東年的〈初旅〉	吳錦發	自立晚報		一九八九年三月十三日
10.靈魂深處的冷——評東年的〈初旅〉	吳錦發	一九八八台灣小說選	前衛	一九八九年五月

東年生平寫作年表

東年 編
方美芬 增訂

一九五〇年　1歲　生於宜蘭，台灣基隆人。外祖父爲宜蘭進士楊士芳族後，外祖母爲抗日先賢蔣渭水醫生的同堂兄妹。

一九七一年　22歲　初作短篇〈死人書〉，未發表。

一九七三年　24歲　發表短篇〈一百隻鴿子〉、〈公園裏的鐘聲〉及〈作品〉於《中外文學》十、十一、十二月號。

一九七四年　25歲　發表短篇〈構不著的圓〉、〈無花果樹〉於《中外文學》二、三月號；中篇〈落雨的小鎮〉連續刊登於《中外文學》七、八月號。

八月，上船赴南非寫長篇〈失蹤的太平洋三號〉（前後改寫五次，費時八年才發表於《聯合報》美國版《世界日報》）。

一九七七年　28歲　三月十四日於《中國時報》發表短篇〈青蛙〉，六、八月《中外文學》又續登〈沉船〉及〈酒吧〉。

十二月，赴聯經出版公司工作，並由該公司出版了第一本短篇小說集《落雨的小鎮》。

一九七八年　29歲　短篇〈最後的月亮〉、〈老鼠〉分別發表於《中外文學》二、三月號。而〈手印〉（三月十八日）、〈乩童〉（四月十九、二十日）、〈惡夜的笛聲〉（六月一、二日）以及

〈鄉祭〉（七月二十九日）則刊於《聯合報》。
應美國國務院邀請，赴愛荷華大學國際寫作研究室進修，其間寫成〈雪夜〉及〈大火〉。

一九七九年　30歲　短篇〈雪夜〉、〈棄嬰記〉分別刊於《中外文學》三、四月號。而〈暴風雨〉、〈大火〉、〈死人書〉、〈賊〉及〈遊夜街〉則發表於一月七日，三月六、七日，六月二十二至二十四日，七月二十二日和十二月二日《聯合報》。
小說〈大火〉獲《聯合報》小說獎。
三月，完稿中篇小說〈去年冬天〉。
九月，第二本短篇小說集《大火》由聯經出版公司出版。

一九八〇年　31歲　發表小說〈路〉於一月三十一日《聯合報》。

一九八一年　32歲　短篇〈海鷗〉（五月十二日）刊於《中國時報》；小說〈我們永遠的朋友〉（六月二十二、三日）及小說〈在那樣的路上〉（八月三十一日）則發表於《聯合報》。小說〈海鷗〉獲《中國時報》小說獎。

一九八三年　34歲　發表短篇小說〈墨綠色的夜〉於《文季》一卷二期。
九月，第三本短篇小說集《去年冬天》由聯經出版公司出版。

一九八四年　35歲　論評〈將政治的政治還給政治〉發表於《台灣文藝》八十五期。

一九八五年　36歲　三月，長篇小說《失蹤的太平洋三號》由聯經出版公司出版。

一九八八年　39歲　一月，長篇小說《模範市民》（發表於《聯合報》美國版《世界日報》）由聯經出版公司出版。

一九八九年　40歲　發表短篇小說〈山在冬季〉於十一月十五日《中國時報》，〈飆過東區〉於《聯合文學》第五卷第十二期。

一九九〇年　41歲　發表短篇小說〈靜謐的夜海〉於三月三日《聯合報》。

一九九一年　42歲　現任聯經出版事業公司副總經理、聯合文學社務顧問。目前正整理未結集之短篇小說〈初派〉系列十四篇。手中正進行兩部長篇寫作。

[賴和手稿影像集] 賴和文教基金會出版

原跡重現，全部彩色雪銅紙精印

LB1/NT4500元

一九年七月）返台，期間已感受到中國五四新文學運動對文化社會的影響力。歸台後加入台灣文化協會，並擔任《台灣民報》文藝欄編輯，成為台灣新文學的先覺者與主導者。從目前可知一九二三年九月寫的〈憎寮閒話〉，到一九三五年十二月的小說〈一個同志的批信〉，其體材觸及多面向問題，包括農民、庶民及小販生存問題、婦女問題、警察問題、製糖會社問題，還有士紳階級的性格問題等，在在都顯現賴和對台灣社會的關注與期待。賴和先後入獄兩次，分別為一九二三年十二月十六日，因治警事件入獄，初囚於台中銀水殿，後移送台北監獄；一九四一年十二月八日（珍珠港事變當日）第二次入獄，在獄中寫〈獄中日記〉僅至三十九日，後因體力不支未能續寫，翌年病重出獄，在獄中約五十餘曰，健康情況大損，於一九四三年一月三十一日（陰曆十二月廿六日）去世，享年五十。

[賴和全集] 前衛出版

❶小說卷 ❷新詩散文卷

❸雜卷 ❹漢詩卷(上) ❺漢詩卷(下)

LA00/NT1600元

賴和

台灣新文學之父

一八九四年五月廿八日（陰曆四月廿五）出生於彰化，本名賴河，又名賴葵河，父親賴天送為道士，這樣的家庭背景，使得賴和與民間群眾生活緊密結合，並落實在他後來的作品中。十四歲（一九〇七）入私塾小逸堂與石錫烈、詹阿川、黃文陶等人從黃倬其先生學習漢文，目前現存漢詩手稿即大兩千多首，可見舊文學根柢之深厚。十六歲（一九〇九）入台灣總督府醫學校，在此時結識蔣渭水、翁俊明、王兆培、杜聰明等人。廿一歲（一九一四）醫學校畢業後，於十二月進嘉義醫院擔任筆生（抄寫員）和通譯（翻譯）的工作，因受不合理待遇辭去工作，於廿四歲（一九一七年六月）返回彰化開設賴和醫院。廿五歲(一九一八年二月)渡廈至鼓浪嶼博愛醫院就職，廿六歲(一九

・以台灣文學為縱軸，文學作家為面相，每集記錄一位台灣作家，介紹其生平、創作歷程、文學理念及重要作品。
・藉由影像及聲音的魅力，重拾人們角落深處的記憶，看見台灣文學作家的土地情懷與生命觀點。
・開拓更廣闊的視野及思考層面，喚醒並發酵對這塊土地的熱情與大愛。

人文台灣 台灣作家系列精選輯 VCD

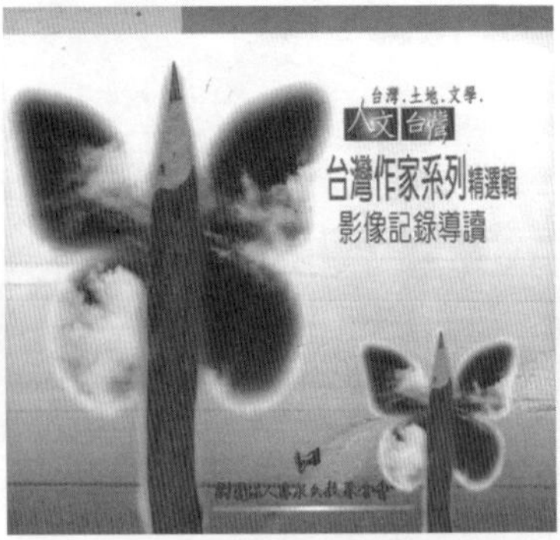

01.	台灣文學的驕傲	陳千武
02.	藥學詩人	詹 冰
03.	現代派本土詩人	林亨泰
04.	從田園走出來的農村詩人	吳 晟
05.	在詩中流浪的雁	白 萩
06.	從打牛湳村悄然而來的驚雷作家	宋澤萊
07.	超越宿命的不祥一白烏鴉	林沈默
08.	台灣女性文學研究的彗星	邱貴芬
09.	重燃台灣詩歌生命之火	路寒袖
10.	以文字輝躍原住民女性生命史	利格拉樂阿𡠄

全十片 每片30min
家用版：2000元 公播版：18000元

台灣文學家紀事 DVD

家用版：2000元（單片500元）公播版：12000元（單片3000元）

DV01/	賴 和：台灣新文學之父	60min
DV02/	楊 逵：壓不扁的玫瑰	74min
DV03/	東方白：鴻爪雪跡《浪淘沙》	57min
DV04/	林雙不：安安靜靜	52min

前衛・草根

典藏榮耀・自由挑選

◆圖書館、台灣家庭必備，台灣人必讀

台灣文學名著系列

●陳冠學 著
BA81/360元(精裝)

●宋澤萊 著
BA82／240元（精裝

●吳濁流 著
BA83／320元（精裝）

●吳濁流 著
BA84／260元（精裝）

●吳濁流 著
BA85／280元（精裝）

●李 喬 著
BA86／210元（精裝）

●李 喬 著
BA87／410元（精裝

●宋澤萊 著
BA88／380元（精裝）

●鍾理和 著
BA89／320元（精裝）

●葉石濤 著
BA90／230元（精裝）

●呂則之 著
BA11／330元（精裝）

●呂則之 著
BA12／280元（精裝

●呂則之 著
BA13／400元（精裝）

●鍾肇政 著
BA14／350元（精裝）

●鍾肇政 著
BA15／340元（精裝）

●鍾肇政 著
BA16／380元（精裝）

●王世勛 著
BA18／320元（精裝

●王世勛 著
BA18／320元（精裝）

●呂秀蓮 著
BA19A／320元（精裝）

●呂秀蓮 著
BA20／340元（精裝）

●葉石濤 著
BA21／160元（精裝）

●東方白 著
BA22／180元（精裝

●胡長松 著
BA23／300元（精裝）

●宋澤萊 著
BA24／250元（精裝）

●宋澤萊 著
BA25／300元（精裝）

●郭松棻 著
BA26／200元（精裝）

●宋澤萊 著
BA27／160元（精裝

王育德全集

(黃昭堂博士總策劃)(黃國彥教授總監譯)

WA01《台灣‧苦悶的歷史》(歷史專著)	300元
WA02《台灣海峽》(文學評論)	280元
WA03《台灣話講座》(系列講義)	300元
WA04《台語入門》(台語教材)	200元
WA05《台語初級》(台語教材)	200元
WA06《台灣語常用語彙》(含台灣語概說)	600元
WA07《閩音系研究》(閩語學專書)	2000元
WA08《台灣語研究卷》(研究論述)	200元
WA09《福建語研究卷》(研究論述)	300元
WA10《我生命中的心靈紀事》(隨筆卷)	280元
WA11《創作＆評論集》(小說‧劇本‧評論)	300元
WA12《台灣獨立的歷史波動》(台灣獨立論集)	320元
WA13《蔣政權統治下的台灣》(批判文集)	350元
WA14《台灣史論＆人物評傳》(史論‧列傳)	250元
WA15《王育德自傳》(自出世到二二八後脫出台灣)	300元

世界台語研究權威
台灣獨立運動教父

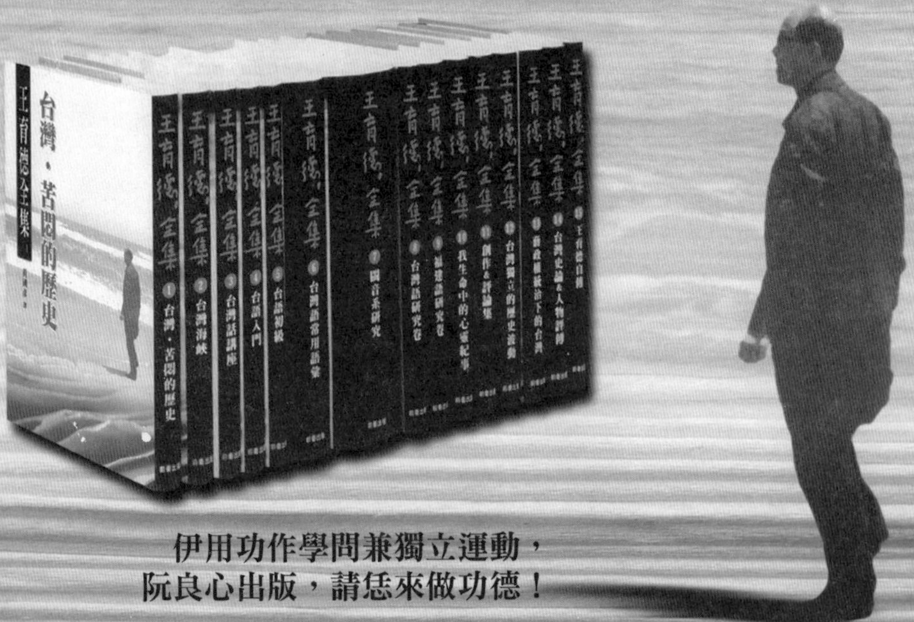

伊用功作學問兼獨立運動，
阮良心出版，請恁來做功德！

◆本全集承國家文化藝術基金會獎助出版/海內外熱心台灣人士助印 **全十五卷 總定價：6180元**

直購特惠價 5000 元 / 附贈池上秀畝著‧張良澤編譯《台灣紀行》(彩色精裝)1 本

《浪淘沙》

~買《浪淘沙》送《真與美》~

你忍不住要頒給自己一個獎

東方白一百五十萬字滾滾大河小說

千錘百鍊，原汁原味的台灣文學名著

獎

- 吳濁流文學獎（1982）
- 中國時報開卷十大好書（1990）
- 吳三連文學獎（1991）
- 台美基金會人文成就獎（1993）
- 電視連續劇製拍中（民視）
- 英文版翻譯中（蔡浩文教授）
- 日文版翻譯中（是永駿教授）
- 法文版翻譯中（Claude Geoffroy 博士）

《浪淘沙》電視劇民視開拍！

近一百年來台灣人民的歷史運命和精神意志

三個台灣家族三代間的人事滄桑和悲歡離合

日本絲綢燙銀字封面，荷蘭
翠皮書盒，德國歐肯紙蝴蝶
上、中、下三冊特價 2000 元

東方白大河文學自傳～一個台灣作家的激盪一生

從大稻埕永樂市場寫起，歷經小東方白、少年東方白、青年東方白、壯年東方白、、、、、人間的酸甜苦辣、喜怒哀樂、愛恨情仇盡皆躍然紙上，真實、直接、赤裸裸、、、、、

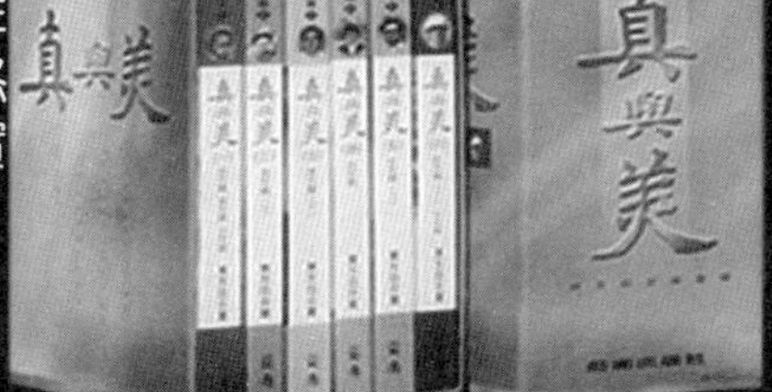

全套六卷，定價 1800 元

國家圖書館出版品預行編目資料

東年集／東年作．高天生編．
--初版．--台北市：前衛，1992［民81］
280面；15×21公分．--（台灣作家全集，短篇小說卷，
戰後第三代：6）

ISBN 957-9512-58-2（精裝）

857.63 81001523

東 年集

台灣作家全集・短篇小說卷／戰後第三代 ⑥

作 者／東 年
編 者／高天生
出版者 前衛出版社
總本舖／112台北市關渡立功街79巷9號1樓
電話／02-28978119 傳眞／02-28930462
郵撥／05625551 前衛出版社
E-mail:a4791@ms15.hinet.net
http://www.avanguard.com.tw
出版總監／林文欽
法律顧問／南國春秋法律事務所・林峰正律師
總代理 凌域國際股份有限公司
地址：台北縣五股工業區五工五路38號7樓
電話：02-22983838 傳眞：02-22981498
出版日期／1992年4月初版第一刷
2004年8月初版第五刷

Copyright © 1992 Avanguard Publishing House
Printed in Taiwan ISBN 957-9512-58-2

定價／250元

3 名家的導讀

首冊有總召集人鍾肇政撰述總序，精扼鈎畫出台灣新文學發展的歷程、脈絡與精神；各集由編選人寫序導讀，簡要介紹作家生平及作品特色，提供讀者一把與作家心靈對話的鑰匙。

4 深度的賞析

每集正文之後，附有研析性質的作家論或作品論，及作家生平、寫作年表、評論引得，能提供詳細的參考。

5 精美的裝幀

全套50鉅冊，25開精裝加封套及書盒護框，美觀典雅。